karl gitterle

zweiter anlauf

ein tirolkrimi

INNSALZ

mit herzlichem dank an meine lehrerin frau dr. helga frühwald für die unterstützung meiner rigorosen kleinschreibung in der schule, die mich seit dem dreizehnten lebensjahr begleitet.

grossen dank an wirklich alle, die mich bei diesem projekt inspiriert, begleitet und unterstützt haben.

alle personen und handlungen sind frei erfunden, ähnlichkeiten nur gewollt, wenn es niemanden persönlich verletzt.

prolog

eingesperrt zu sein ist nicht witzig, gar nicht witzig. ich spreche hier nicht davon, in einem gefängnis zu sitzen, nein, im gegenteil – ich sitze in einem der schönsten gebiete in den alpen, allerdings ohne die chance darauf, wieder talauswärts und in die zivilisation entlassen zu werden. festzusitzen in einem kleinen wintersportort mitten in den österreichischen alpen! weil gefühlte 100 meter weiter eine riesige schneelawine zu tal donnerte und alle zufahrtswege gesperrt hat. tonnen um tonnen von dicht gepresstem, schmutzig weissem, ungeheuer massivem schnee. klingt romantisch, sagen sie? pah, klingt unheimlich, sage ich.
wer liebt es nicht, wenn der schnee fällt, ganz langsam und unaufhörlich, alles bedeckend, alles verschönernd. die geräusche verschwinden, die welt wird leise. der schnee fällt weiterhin, eine bezaubernde decke aus weiss hüllt die welt ein und verschönert und verzaubert alles. ja, so liebe ich den winter. aber wenn es nicht mehr aufhört zu schneien, wenn man plötzlich wahrnimmt, dass alle gegenstände nicht mehr unter einer süssen, kalten kuscheldecke versteckt sind, dass aus den kuscheldecken richtig furchterregende berge werden, dass aus strassen unpassierbare niemandslandschaften werden, dass man gar keine chance mehr hat, den schnee noch irgendwohin zu transportieren, sprich viel zu viel und viel zu schwer daraus geworden ist, dann ist es nicht mehr ganz so lustig, dann wird aus lustig nämlich lästig. wenn man dann noch

mitten in den alpen sitzt, sehr, sehr hohe und steile berge in unmittelbarer nähe, deren schneelast immer höher, schwerer und gefährlicher wird, oder unter einem dach sitzt, das unter der wachsenden schneelast ächzt, dann ist es überhaupt nicht mehr lustig, dann wird es nämlich gefährlich. hat das schon mal jemand von ihnen gehört, wenn der berg grummelt und ächzt? wenn der schnee sich an den steilen hängen nicht mehr halten kann und sich langsam, aber sicher die schwerkraft einmischt? heisst, sehnsucht nach dem tal bekommt? dann wird aus gefährlich gruselig. und wenn dann eine lawine talwärts donnert, kann das ganz laut werden, unheimlich, beängstigend.
an dieser stelle muss ich einwenden, dass es unterschiedliche arten von lawinen gibt. es gibt die nassen lawinen, bei denen der schnee einfach sehr unspektakulär zu tale rauscht. also eigentlich ist es kein rauschen, sondern eher ein wuschen. da geht ein schneebrett ab und wusch – der schnee rutscht elegant zu tal. dann gibt es noch die sehr eindrucksvollen lawinenabgänge, bei denen viel geboten wird. riesige staubwolken tun sich auf, ein beeindruckendes donnern ertönt, bäume und andere im weg befindliche sachen werden geknickt und mitgerissen wie strohhalme, mit lautem getöse entlädt sich die schneemasse, vergleichbar mit einem tsunami und genauso unausweichlich. liegt der schnee dann in massen in der gegend, hat das zur folge, dass ganze täler gesperrt werden. strassen wurden zugeschüttet, orte von der aussenwelt abgeschnitten, ungeachtet der touristen, die ihren urlaub in ebenjenem

dorf verleben wollten, das nun nicht mehr erreichbar ist. die natur hält sich leider nicht an urlaubswochen und termine. aber auch diejenigen, die in ebenjenem dorf urlauben, trifft es schwer, denn spätestens am samstag müssen sie nach hause, der wichtige job wartet, termine und das durchgeplante leben müssen eingehalten werden. nun sitzt man da und kann nicht raus und das österreichische bundesheer weigert sich rigoros, den herrn doktor oder den herrn manager auszufliegen. und dann geht bitte auch noch das zitroneneis aus! frechheit! so geschehen ist es in einem kleinen dorf in einem schmalen und von hohen bergen umgebenen tal.

kapitel 1

in der nacht hat es ausnahmsweise nicht geschneit, es war sternenklar und windig. am morgen trübt es sich wieder ein und leichtes schneestöbern setzt sich von westen her fort.
seit tagen gibt es neuschnee, die weisse decke nimmt beängstigende höhen an, die feldstecher der einheimischen sind immer wieder auf die wechten in den gipfelregionen und auf die schneerechen der lawinenverbauungen gerichtet.
unter wechten verstehen die bewohner die auftürmungen von schnee an den berggraten durch die enormen windverfrachtungen. solche überdimensionalen ansammlungen von schnee sind oft auslöser für lawinenabgänge.
im ort herrscht reges treiben, wegen der böigen winde sind die lifte nur eingeschränkt in betrieb.
um neun uhr treffen sich die mitglieder der lawinenkommission in der hinteren stube vom »herzadler« zur zweiten sitzung an diesem tag. das erste mal sind sie bereits um fünf uhr früh ausgerückt.
das ergebnis ist klar, die sperre bleibt weiterhin aufrecht! die einzig mögliche zufahrtsstrasse ins tal musste vor zwei tagen gesperrt werden. gesperrt wegen lawinengefahr. dabei sind die meisten streckenabschnitte entweder untertunnelt oder mit galeriebauten gesichert. nur einzelne bereiche links und rechts der talstrasse sind riskant für die abgänge von schneelawinen. pausenloser schneefall in mengen, tosende winde und wechtenbildungen an den berggraten deuten auf mögliche abgänge hin.

gerade diese abschnitte sind unberechenbar und gefährlich. auch will man keinesfalls die touristen am weg in das tal oder beim hinausfahren gefährden. zu oft ist schon etwas passiert, jeder lawinentote ist ein toter zu viel.
der verkehr auf den strassen kommt durch die talsperre praktisch zum erliegen. lediglich einige geländefahrzeuge von ortsansässigen huschen gespenstisch hin und her. besorgungsfahrten zu den ställen der hoteliers, müllentsorgung zu den recyclinghöfen oder besuche beim dorfarzt. im dorf selbst wälzen sich trauben von fussgängern durch den ort, alle verfügbaren betten sind belegt.
die ernsten gesichter der kommisionsmitglieder haben es nicht sonderlich eilig, die zweite sitzung zur lage der talsperre abzuhalten, sie formieren sich vorerst im herzadler an der bar. einige touristen mischen sich darunter und befragen die windgegerbten gesichter nach dem stand der dinge und der möglichen dauer der talsperre.
natürlich kennt man diese sperren schon aus den medien. sensationslüstern haben die grossen tv-stationen ihre mobilen einsatzwägen an den taleingang beordert. es hat schon jahre gegeben, in denen die gäste mit helikoptern ausgeflogen werden mussten. auch wenn die männer mit den windgegerbten gesichtern sehr ernst wirken, vermitteln sie den gästen den eindruck, dass sie nicht mit dem schlimmsten rechnen.
das schlimmste ist ein lawinenabgang direkt auf eines der dörfer im tal. bei der verbauung der lawinengebiete oberhalb der baumgrenze aber, und die verbauungen werden ständig erweitert, ist es inwischen in den einzel-

nen orten schon recht sicher. dafür sind die »kleineren« abgänge von schneehängen zwischen den orten noch immer unberechenbar. ein anruf am handy des bürgermeisters unterbricht die gespräche an der bar. nach einer gefühlt langen minute und den verstohlenen blicken auf den amtsvorstand wird auch jedem einzelnen klar: jetzt ist wieder was passiert!
der bürgermeister ruft mit erhobener stimme zur längst fälligen zweiten sitzung der lawinenkommission. es wird eine sehr kurze sitzung werden, und tatsächlich, es hat keine drei minuten gedauert, bis alle ernsten gesichter mit ihren finsteren mienen in die geparkten geländewägen vor dem hotel steigen und geräuschvoll davonbrausen.

etwa zwei kilometer hinter dem dorf auf der strasse in richtung talschluss weist ein mann der bergrettung, abkommandiert als streckenposten, den heraneilenden geländewagen den weg zu einer nebenstrasse. der bürgermeister fährt voran, ein kurzes gespräch mit dem einweiser lässt alle warten, bevor die wagenkolonne wieder in schwung kommt.
eine lawine ist abgegangen und hat die nebenstrasse verschüttet. an sich kein grund für das ausrücken der lawinenkommission; wissen doch alle sehr genau, dass dieser abgang einer der ersten ist in diesen tagen, an denen täglich beachtenswerter schneezuwachs angekündigt ist.
nicht gefährlich für den strassenverkehr entlang des tales, verschüttet aber den zugang in ein seitental, die

zufahrt für eine hochgebirgshütte des alpenvereins, die erst ab der mitte des winters in betrieb gehen wird.
es wird allen in der kommission klar: das ist der auftakt für ein rumoren in den bergen, für eine zu erwartende serie von bedrohlichen lawinenabgängen.
der anruf von der bergrettung beim bürgermeister, er ist gleichzeitig auch leiter der lawinenkommission, verheisst nichts gutes. ihm wurde berichtet, dass ein spaziergänger eine leiche in der talmündung der lawine entdeckt hat. die bergrettung hat dann auch die polizei im ort verständigt. eine klare aufgabe für die alpinpolizei, entscheiden die beiden innendienstleute am posten und delegieren die meldung an den einzigen im ort tätigen alpinpolizisten.
die wagenkolonne kommt zum stehen, die mitglieder der lawinenkommission steigen aus ihren fahrzeugen und müssen noch ungefähr fünfzig meter leicht aufwärts zu fuss weitergehen.
am wegrand stehen einsatzfahrzeuge der bergrettung, einige hunde bellen in den boxen der autos und warten auf ihren einsatz. von der alpinpolizei ist kein fahrzeug auszumachen, wie der bürgermeister bemerkt.
dabei hat er, eben eingetroffen, an der mündungsstelle des lawinenabganges auch schon den alpinpolizisten korbinian erkannt. dieser steht am rand des schneekegels, mit offener jacke und halb aufgeknöpftem hemd, so wie man ihn im dorf eben kennt.
auf die frage, wo der spaziergänger jetzt ist, der den abgang gemeldet hat, zucken die bergretter nur mit den achseln: keiner hat den mann gesehen. es ist nur bekannt, dass der

anrufer mit seinem hund unterwegs gewesen ist. dabei musste dieser den geschlossenen lawinenschranken einfach umgangen haben, der platz davor war noch gestern abend vom schneepflugfahrer geräumt worden. der einsatzleiter der bergrettung kommt auf den bürgermeister zu, grüsst kurz und berichtet wie schon vorab am telefon darüber, dass es sich um eine männliche leiche im mündungsbereich der lawine handelt. sein alter: etwa siebzig jahre, mit hemd und hose bekleidet, aber ohne jacke oder weiteren winterlichen kälteschutz. dann, etwas gerührt, ergänzt der bergretter, dass die leiche bereits identifiziert sei. »es hat den mesner albert aus dem dorf erwischt.« ein arm hat aus den schneemassen herausgeragt, so hätten sie ihn angetroffen, zeigt dem bürgermeister ein foto auf seinem handy.»korbinian, der alpinpolizist, ist erst später aufgetaucht, ausgerechnet seinen patenonkel albert hat er aus den schneemassen ausgraben müssen.« »ja, er ist ein harter bursche, der korbinian«, sagt der einsatzleiter und winkt den polizisten heran.

die mitglieder der lawinenkommission stehen stumm, ihre gesichter sind wie eingefroren.

eben haben die retter und korbinian den leichnam in einem tragesack auf eine bahre gehoben und zu einem einsatzwagen der bergrettung gefahren. der dorfarzt schliesst seine tasche und kommt zu der ansammlung herunter, grüsst kurz und lässt sich ins dorf zurückchauffieren.

der einsatzleiter der bergrettung eilt zu seinen männern zurück, die sich in reihen formiert haben und in grosser

eile den gesamten lawinenkegel mit ihren sonden im schnee nach weiteren opfern absuchen. er möge doch mit einem wagen von der lawinenkommission zurückfahren, bedeutet der einsatzleiter dem alpinpolizisten, dreht sich ein weiteres mal zum bürgermeister um: man solle doch nach dem gast mit dem hund suchen, der den leichenfund gemeldet hat.
der bürgermeister ist ziemlich genervt wegen der vielen aufgaben, die er zu erledigen hat. nach dem wenden des wagens hält er dem alpinpolizisten korbinian die wagentür auf, um ihn mit zurück ins dorf zu nehmen. mit einem starken händedruck empfängt er ihn, korbinian nimmt die beileidsbezeugung stumm entgegen.
jeder im dorf weiss, korbinian ist zwar nicht der leibliche sohn, geht aber seit seiner kindheit schon im haus von albert ein und aus. clemens ist der wirklich verwandte des mesners, eben sein neffe und auch ein enger jugendfreund von korbinian.
bis zum eintreffen vor dem gebäude der gemeindeverwaltung ist kein einziges wort gefallen, ein anruf am handy des bürgermeisters löst die beklemmende stille. es ist ein gespräch mit dem bezirkspolizeikommando, es knackt mehrmals in der leitung, es wird verbunden, eine sonore stimme scheint etwas zu erklären, dann ist das gespräch auch schon wieder zu ende und der bürgermeister bekommt einen hochroten kopf, wie immer, wenn er wütend ist oder jähzornig. korbinian hebt grüssend und dankend die hand an die schläfe und gleitet aus dem wagen, noch bevor dieser endgültig hält.

für eine zynische meldung des bürgermeisters hat er jetzt kein gehör. korbinian ist sicher, der anrufer war der bezirksinspektor, er hat sich telefonisch angekündigt, will sich persönlich ein bild machen von der lawinenleiche. wird wegen der herrschenden talsperre mit dem helikopter des innenministeriums erscheinen. das ist typisch für den oberpolizisten, der sich in seiner wichtigkeit nur durch seine übergewichtigkeit übertrifft, denkt er bei sich. korbinian, noch immer geschockt vom tod seines patenonkels albert, hat jetzt etwas anderes zu tun, ist kurz vor dem polizeiquartier abgebogen und geht schnellen schrittes in richtung des anwesens von albert am anderen ende des dorfes. er ärgert sich darüber, dass noch immer kein wagen, den er jetzt so dringend gebraucht hätte, vor dem polizeiposten steht.
nervös sieht er auf die uhr, weiss er doch vom bevorstehenden besuch des oberkommandierenden polizisten aus der bezirkshauptstadt, seines zeichens der bezirkspolizeikommandant.

kapitel 2

für vierzehn uhr wird beim bürgermeister die ankunft eines helikopters des innenministeriums gemeldet. der bürgermeister soll eine beamtin des bezirkspolizeikommandos landeck abholen und empfangen.
es ärgert ihn sehr, dass ein mann in seiner stellung derartige hilfsdienste leisten muss, er will aber auch keine aufgabe delegieren, aus neugier, wahrscheinlich aber auch aus geübter wichtigtuerei. er macht sich auf den weg zum sportplatz, der bei talsperren immer als einer der ersten plätze von den neuschneemengen freigeschaufelt wird, um die luftbrücke für kranken- oder medizintransporte und auch für nachschub an proviant und lebensmitteln wie bei der grossen talsperre anlässlich der lawinenereignisse im nachbardorf zu eröffnen.
der bürgermeister hat im wagen gewartet, als der heli heranbraust und bei laufenden rotoren eine weibliche person entlässt, die mit einer aktentasche auf ihn zukommt. der pilot winkt ab, als sich der bürgermeister per handzeichen erkundigt, ob auch er mit dem auto mitzunehmen sei, nein, er bleibe bei seinem fluggerät und erwarte neue anweisungen.
die junge beamtin am beifahrersitz des bürgermeistergefährts, in zivil gekleidet, ist mittelgross, hat dunkle, zusammengebundene haare, eine beamtin kurz nach ihrer ausbildung, beordert vom bezirkspolizeikommando in landeck. man hat sie geschickt, um den örtlichen alpinpolizisten zu unterstützen, so wurde sie angekündigt.

der bürgermeister zeigt seine verärgerung unverhohlen, als chauffeur für eine unbedeutende beamtin dienen zu müssen, zumal ja neben allen anderen pflichten auch mehrmalige sitzungen der lawinenkommission täglich abzuhalten sind und eine ganze horde von reportern und fernsehstationen sich ständig über die entwicklung im tal und im dorf erkundigte. in ausnahmesituationen wie dieser kann er keinem mitarbeiter und schon gar nicht seinem vizebürgermeister derart wichtige aufgaben überlassen. er gibt gerne interviews und läuft dabei zu höchstform auf, mächtig stolz ist er auf seine sprachkenntnisse im englischen.
vermutlich hat er in seiner polternden art etwas über das ziel hinausgeschossen, die schmächtige beamtin wirkt jedenfalls recht verschreckt wegen der unüberhörbaren beschwerde, sich die zeit stehlen zu müssen für derartige abholdienste.
ganz ohne worte verlässt sie den sozius und steuert ziemlich ratlos in richtung polizeiinspektion, muss sich auch mehrmals nach dem weg dahin erkundigen.
lautstark beschwert sich der bürgermeister im amt bei seinem mitarbeiter und vizebürgermeister clemens, der ihm gerade über den weg läuft, über die polizei, die ihm nur arbeit aufhalse und dann obendrein noch eine beamtin schicke, für die er womöglich noch den fremdenführer im dorf spielen müsse.
als der alpinpolizist korbinian in der polizeiinspektion erscheint, wird er von seinen beiden kollegen empfangen, die ihm kondolieren. »du wirst seit etwa einer stunde

erwartet!«, und deuten auf seine bürotür. »eine eigens eingeflogene beamtin aus dem bezirkspolizeikommando wartet in deinem büro auf dich. sie hat auch schon mehrfach mit ihrer dienststelle telefoniert.«
man müsse annehmen, dass sie nach dieser längeren wartezeit verärgert sei, wo sie doch mit dem hubschrauber gekommen ist. aber er am handy nicht erreichbar gewesen sei und auch per funk nicht, verteidigen sich die innendienstler schon vorab für den fall, dass sich die beamtin beschweren sollte. korbinian verzieht keine miene, zuckt nur mit den achseln. er ist ja ein mann fürs gelände und die büroarbeit nicht gerade sein lieblingsmetier.
ausserdem hat er als alpinpolizist doch etliche freiheiten mehr als diese bürohengste, wie die innendienstler geschimpft werden. da kann es schon vorkommen, dass er tagelang nicht mehr aus den bergen zurückkommt, wenn er oben im gebirge mit bergtouristen zu tun hat, die mit ungeeignetem schuhwerk unterwegs sind oder sich selbst und ihre kondition überschätzen, und manchmal wird er auch zu bergunfällen gerufen, alles sehr zeitraubend und langwierig.
eine hand streckt sich ihm entgegen, noch bevor er sein gegenüber wahrnehmen kann. er greift zu, der handschlag dauert ungewohnt lange.
sein gegenüber, eine zierlich wirkende, junge beamtin, mit zurückgebundenen, dunklen haaren und braunen augen, ist von seinem schreibtischstuhl aufgestanden, kondoliert ihm. das verfehlt die wirkung nicht. einige tränen schiessen ihm in die stahlblauen augen, und trüben

seinen sonst so klaren blick. »ich möchte den leichnam sofort sehen«, sagt die beamtin, steht auf und macht eine ungeduldige bewegung in richtung tür. »hat es inzwischen weitere meldungen von den bergrettern am lawinenkegel gegeben?«, fragt sie ihn schon über die schulter. sie wolle in einer stunde wieder zurückfliegen, wenn es keine weiteren vermissten gibt, wie ihr die beiden polizisten vom innendienst auch gerade versichert haben. sie sei doch schon verspätet und habe längere zeit auf sein eintreffen warten müssen. »der tote mesner albert liegt noch bei der bergrettung im neuen einsatzzentrum«, erklärt er. »der leichnam wird erst morgen, wenn er, korbinian, das haus von albert entsprechend hergerichtet hat, in seinem eigenen haus aufgebahrt werden können.«
das ganze dorf wird zum beten kommen und zur totenwache, die bis zur beerdigung abzuhalten ist.
»und da gibt es noch den neffen von albert, den muss ich dringend verständigen«, geht es ihm durch den kopf. es fällt ihm ein, dass dies schon der bürgermeister erledigt haben wird, ist clemens ja sein stellvertreter im bürgermeisteramt.
korbinian seufzt hörbar, hat er doch bisher noch nicht einmal den pfarrer benachrichtigt wegen der terminabsprache für die beerdigung. steckt seine mütze ein und sieht zu, dass der vorsprung seiner jungen kollegin nicht zu gross wird. am weg zum einsatzzentrum erklärt er der beamtin die regionalen besonderheiten, die mit dem tod und den vorbereitungen für eine bestattung zu tun haben. »bei uns sind hausaufbahrungen üblich, auch wenn hote-

liers oder deren angehörige zu beweinen sind, selbst bei berstend vollen häusern wird dieser brauch nach wie vor vollzogen. das ist eben eine besonderheit des ortes, ja des ganzen tales.« natürlich habe man eine leichenkapelle, aber die bevölkerung wolle die alten rituale beibehalten, tourismus hin oder her.
gerade hat ihn seine sichtlich attraktive kollegin damit unterbrochen, dass sie anmerkt, sie habe sich ja namentlich noch nicht einmal vorgestellt. wahrscheinlich um auch zu wort zu kommen, sagt sie: »ich bin claire«, und streckt ihm ihre hand entgegen. »kommt von klara«, vervollständigt sie, »bin aber weder französin noch engländerin.« aber kulturell auch nicht sonderlich interessiert, stellt korbinian fest, sichtlich stolz auf seine ausführungen zu den gepflogenheiten bei bestattungen, behält dies aber für sich, hat sich sichtlich warmgeredet, wo er doch sonst kaum eine silbe von sich gibt.
der polizeibeamtin ist erst jetzt aufgefallen, dass sie den alpingendarmen korbinian gesiezt hat. dabei kann er kaum älter sein als sie, sieht aber sehr jugendlich und sportlich aus mit seinen blonden haaren, trotz seines wettergegerbten braunen gesichtes. den anorak trägt er weit offen, darunter nur ein halb zugeknöpftes wollhemd. am hals einen ring an einer goldenen kette.
in den räumen der bergrettung befindet sich ein kleiner unbeheizter raum direkt neben der grossen fahrzeuggarage, in dem liegt der leichnam auf einer bahre. der tragesack im zinksarg ist halb geöffnet, der deckel lehnt an einer wand.

der alpinpolizist unterhält sich mit dem einsatzleiter der bergrettung. der spaziergänger, der den fund heute in der früh gemeldet hat, ist von den polizeikollegen inzwischen ausgeforscht worden, erfährt korbinian. er habe den balken, der die strasse sperrt, schlicht übersehen, was bei dem vielen schnee auch nicht verwundert. dem bürgermeister sei sehr daran gelegen zu erfahren, ob es dem gast gut gehe, sei doch anzunehmen gewesen, er habe sich weiter taleinwärts bewegt, wo eine weitere lawine, die tobellawine, noch ausständig ist.
eine gämse war noch bei der suche mit den sonden zum vorschein gekommen, ziemlich mitgenommen von den felsen entlang des lawinenabganges. die sondierungsarbeiten sind aber noch nicht abgeschlossen, es ist damit nicht ausgeschlossen, dass noch weitere menschliche opfer gefunden werden.
die beamtin ist allein in den raum mit dem lawinenopfer mesner albert getreten und erst nach etlichen minuten zurück bei korbinian und dem einsatzleiter. eben hat sie ihr telefon zugeklappt und eröffnet den beiden männern, den leichnam nach landeck fliegen zu lassen, um ihn weiter in die landeshauptstadt zur autopsie zu bringen. und zwar gleich jetzt, mit dem helikopter des innenministeriums, das habe sie bereits so arrangiert und veranlasst. korbinian bekommt einen hochroten kopf, als sie überdies auch vermutet, dass der lawinentote auf eine andere art gestorben sein könnte als durch die lawine.
lediglich eine sache sei noch zu klären: weil der heli wegen der eintretenden dunkelheit keine erlaubnis für

einen weiteren flug bekommen werde und weil die suche nach weiteren lawinenopfern auch nicht abgeschlossen sei, müsse sie also hier im dorf bleiben und brauche ein zimmer für eine übernachtung.

die selbstbewusste art der jungen beamtin macht ihm klar, dass er selbst noch nicht an die möglichkeit gedacht hat, dass auch etwas anderes als die lawine zum tod seines patenonkels geführt haben könnte. nicht einmal in den sinn ist es ihm gekommen! er hat den toten albert eigenhändig aus dem schnee gegraben, sich sehr gewundert, dass der tote nur mit einem hemd, ohne pullover oder jacke bekleidet war, am linken oberarm hat er eine wunde entdeckt. er hat ja auch nicht viel zeit gehabt für einen klaren gedanken, es ist alles zu schnell und überstürzt gekommen.

ob er irgendwelche gegenstände bei dem toten gefunden und sichergestellt habe, hat sie ihn dann noch gefragt. nein, er habe nichts bei ihm gefunden, und wenn, dann hätte die lawine schon dafür gesorgt, dass alles nicht niet- und nagelfeste längst verloren sei. vielleicht könne man im frühjahr, nach dem ausapern, weiter nach fundsachen suchen.

kapitel 3

korbinian hat sich bei seinem ersten besuch im haus seines patenonkels albert nicht viel zeit genommen. erneut zurück, sucht er alle räume ab, stellt fest, dass nirgendwo ein lichtschalter angeknipst gewesen ist, die wohnung wirkt aufgeräumt, nichts ist am falschen platz, nicht einmal kleidung liegt herum. ein blick auf die garderobe sagt ihm, dass auch die jacke von albert nicht am gewohnten platz hängt, ein zeichen, dass er sie wohl getragen haben muss. am schreibplatz liegen ein paar schriftstücke, ein ring in einer kleinen porzellanschale, ein aschenbecher mit einer ausgedrückten virginia, ein vergilbtes bild der vor jahren verstorbenen schwester des toten.
zu den herumliegenden dingen hat er in der eile seine fundsachen dazugelegt. die utensilien, die er bei seinem patenonkel in der hosentasche gefunden hat bei der bergung aus dem schnee: einige handbeschriebene blätter in einem braunen, mehrfach gefalteten kuvert.
beim überfliegen der schriftstücke entdeckt er, dass der schnee einige der zeilen an den rändern unleserlich gemacht hat. es wird ihm plötzlich heiss bei dem gedanken: das handy des toten hat er ja auch eingesteckt. vielleicht ist es ihm aus der tasche gefallen, oben beim fundort, wahrscheinlich in den schnee gerutscht. jedenfalls ist es nicht auffindbar, obwohl er mehrfach in allen taschen seiner jacke nachschaut. im gelände würde er es nicht mehr finden vor dem frühjahr.

schade, denkt er, er hätte doch anhand des telefons noch die letzten anrufe rückverfolgen können. so ist ein wertvolles beweisstück verloren. dilettantische arbeit, die er geleistet hat, denkt er bei sich. jedenfalls hat er die fundsachen ganz automatisch an sich genommen, wie ein pfand für den verlust am alten mann.
als polizist, das ist ihm bewusst, würde er melden müssen, welche sachen er dem toten abgenommen hat, auch wenn kein grund für kriminalistisches untersuchen vorliegt.
aber heute wollte er sich noch einmal in ruhe anschauen, was albert bei sich getragen hat bei seinem tod. viel zu wenig hat er über seinen patenonkel, den alten mann, gewusst. sie haben nie viel geredet, meist haben sie durch zeichen und gesten ihre gefühle ausgedrückt, in jener speziellen art, wie es männer unter sich und im besonderen die talbewohner praktizieren.
der alte albert ist im dorf aufgewachsen, hat lange auch eine bauernwirtschaft betrieben mit einem kleinen viehstall.
so lange bis seine zweite schwester in die bezirkshauptstadt gezogen ist. das war vor zehn jahren, korbinian war damals noch in ausbildung. dann hat er über nacht das vieh verkauft und alle angebote ausgeschlagen, die aus seinen landwirtschaftlichen gebäuden ein nachtkokal machen wollten.
dabei hat albert über den wahrscheinlich grössten grundbesitz im dorf verfügt. andauernd sind ihm alle möglichen leute in den ohren gelegen mit dem wunsch nach dem kauf eines grundstücks oder einer zufahrt oder

einer benützung von seinem grund und boden. die liste endete nie, selbst die kirche stellte anträge an albert. die seilbahngesellschaft wollte eine bergwiese haben, auch überfahrtsrechte auf seinen almgrundstücken, der tourismusverband einen streifen eines grundstücks für ein neues hauptquartier mitten im dorf.
so liegt alles brach und seit jahren liegt ihm auch der bürgermeister mit dem anliegen in den ohren, doch endlich die verwaiste mistlege mitten im ort abzubauen. das war nie ein thema für albert, das kam für ihn nicht in frage, seinen besitz stückweise zu demontieren, nur weil es den herren touristikern nicht passen mochte, eine mistlege im dorf zu haben!

die anordnung der beamtin claire aus dem bezirkskommando, den leichnam obduzieren zu lassen, erscheint ihm immer mehr als sehr weit hergeholt und absurd. vielleicht hat sie in ihrer ausbildung zu viele kriminalromane gelesen. oder sie ist in der ausbildung einem übereifrigen vortragenden begegnet, der hinter all den täglichen geschehnissen nur mord und totschlag vermutet, denkt er kopfschüttelnd bei sich.
korbinian knipst die tischleuchte an, betrachtet die fundsachen und öffnet das braune kuvert.
will sich der sache und dem inhalt konzentriert widmen, setzt sich, lehnt sich zurück, zieht die papierblätter heraus, beginnt mit dem lesen, dann stutzt er, liest wieder von vorne, bemüht, konzentriert zu sein. vergleicht ganz schnell die losen blätter, aber sie sind schön geordnet,

auch wenn der schlussteil zu fehlen scheint. die knie werden ihm weich, er stützt sich mit einer hand an der tischkante ab, hält die papiere fest, als würden sie davonfliegen, dabei ist kein fenster offen, keine gefahr für zugluft. es ist der inhalt, der ihm eine gänsehaut aufsteigen lässt, am stuhl sitzend vor dem kleinen arbeitstisch ist er weit davon entfernt, gefasst zu sein. er starrt auf das bild an der wand, das er so gut kennt, das schon jahre an dieser stelle hängt. er verliert sich in das grün der landschaft. wie so oft, wenn er intensiv nachdenkt, bleibt sein blick starr hängen, wie diesmal an den farbflächen, die plötzlich zu leben beginnen und unentwegt auf und ab tanzen. das gemälde zeigt eine pannonische landschaft, eine grosse, grüne ebene mit einem ochsengespann und mit pferden. was er da liest, trifft ihn sehr. die enthüllung aus der feder von albert kommt völlig unerwartet, lässt nichts mehr so sein, wie es gewesen ist. draussen hat es aufgeklart. sehr zögerlich zeigen sich einzelne strahlen der nachmittagssonne. nur kurz ist es hell, das phänomen gleich wieder vorbei, es trübt ein, wird dunkler.
korbinian sitzt am schreibplatz seines patenonkels albert, überlegt scharf, steht plötzlich auf, hebt ein feuerzeug neben dem aschenbecher auf und lässt dann die handbeschriebenen blätter ansengen. er hält sie abwechselnd in verschiedene richtungen, beugt sich zum offenen kamin, wirft sie hinein und wartet darauf, dass die blätter vollständig abbrennen.
vergewissert sich noch, seine spuren ordentlich verwischt zu haben, und setzt sich wieder hin.

so, nun ist es aus der welt, das problem, das sich gerade riesenhaft vor ihm aufgetan hat. und mit dem verbrennen der papiere wird ihm klar, dass er ein geheimnis weitertragen wird, in seinem kopf. es sei denn, albert hätte zu lebzeiten jemanden in das geheimnis eingeweiht, das sich ihm soeben offenbart hat. aber das erscheint ihm unglaubwürdig, ja ausgeschlossen wegen der einsilbigkeit des alten albert. korbinian ist der einzige vertraute.
albert hat eine schwester gehabt in der bezirksstadt, hat aber schon seit jahren wegen der starken demenz der frau keinen rechten kontakt mehr gepflegt. und erst recht nicht zu clemens, seinem neffen. die beiden haben sich nie richtig verstanden. nicht in den jugendjahren, weil clemens ein sehr flegelhaftes benehmen an den tag gelegt hat, und später nicht, weil sich albert immer über den grossen lebensstil seines neffen geärgert hat, weit davon entfernt, damit einverstanden zu sein.
nein, die entscheidung ist unüberlegt, aber doch richtig gewesen, bestätigt er sich: verdammt noch mal, wenn es um derart wichtige angelegenheiten geht, ist polizist sein auch mal zweitrangig! und gleichzeitig wird ihm klar, dass er jetzt in der zwickmühle steckt mit seinem geheimnis. dem neffen von albert als dem betroffenen kann er von dem geheimnis ja nichts erzählen, hat er doch mit rücksicht auf seine freundschaft zu ihm gerade alle beweise vernichtet. und mit einem weiteren betroffenen kann und will er auch keinen kontakt aufnehmen, unter gar keinen umständen möchte er dazu beitragen, einen skandal im dorf auszulösen. »auf diese entdeckung hin brauche ich

einen hochprozentigen«, sagt er sich. gemeint ist damit ein schluck von einem selbstgebrannten schnaps, den man entweder wegen der gesunderhaltung, also vorbeugend, trinkt, oder um negatives oder schwer belastendes hinunterzuspülen.
korbinian denkt an seine saisonsflamme, die tänzerin aus dem table dance-lokal, an ilona, die ungarin. sie hat ihm schöne augen gemacht seit dem beginn der wintersaison. erstmals hat er sie anfang dezember im herzadler gesehen, ganz vertieft war sie in modejournale. ihre aussprache, zwar etwas gebrochen, aber grammatikalisch gut gesetzt, mit einem herzlichen akzent, hat ihn auf eine eigentümliche art besonders gereizt. er hat sie auch sofort als tänzerin eingestuft, sein geschulter polizistenblick hat es ihm verraten. ilona, eine junge, feurige frau mit viel temperament.
dummerweise hat er beruflich bedingt viel zeit am berg oder eben in der natur zugebracht, so hat er es grade mal geschafft, ihre telefonnummer zu ergattern, und beim zweiten treffen hat sie ihm einen ring an seine kette gehängt, der ein grosses geheimnis birgt und bei ihm vorerst besser aufgehoben sei als bei ihr, hat sie ihm geheimnisvoll ins ohr geflüstert. »ich werde sie anrufen, weil ich sie schon seit zwei wochen nicht mehr gesehen hab. mich mit ihr an der bar im herzadler verabreden, auf einen whisky, darauf freu ich mich jetzt. das bringt mich auf andere gedanken!«
für korbinian, den naturburschen, eine eher selten gefasste sehnsucht nach einer bar, fühlt er sich in der

natur doch normalerweise entschieden wohler. der anruf ist indessen erfolglos: ilona ist nicht erreichbar, wie schon tage zuvor nicht.

die junge ermittelnde beamtin ist in das gemeindeamt zurückgekommen und auf der suche nach dem bürgermeister. dieser hat bereits durch das bezirkskommando davon erfahren, dass der leichnam von albert mit dem hubschrauber zur obduktion gebracht worden ist. für die beamtin hat er nun eine unterkunft zu besorgen, weil für heute jedenfalls kein flug mehr genehmigt wurde. er seufzt, weil er sich in seiner so wichtigen stellung um dinge zu kümmern hat, die ihn ständig von seinen ach so grossen aufgaben abhalten.

also fügt er sich in sein schicksal, deutet der jungen beamtin in richtung tür und nimmt geräuschvoll die wagenschlüssel von seinem schreibtisch. »sie können den sitz etwas nach vorne schieben, der verstellgriff ist rechts unten«, bemerkt er beim einsteigen. die beamtin fingert nach dem griff, obwohl sie keine veranlassung sieht, den sitz verstellen zu müssen, vermutet aber hinter dieser aufforderung doch eine eher bissige bemerkung in richtung ihrer statur. damit versucht sich der bürgermeister wohl luft zu machen, weil er noch immer verärgert ist, aber sie sagt nichts darauf, greift an die rechte seite, ertastet ein gerät, schielt danach, ein handy, ein uralthandy mit grossen tasten. will schon fragen, ob es dem bürgermeister gehört, als sie sieht, dass er sein nagelneues gestyltes gerät aus der tasche fingert, macht den mund wieder zu. verlegen steckt sie es in die manteltasche zurück, hält das telefon aber weiter fest in der hand.

der bürgermeister ist damit beschäftigt, telefonisch ein zimmer für die junge dame im herzadler zu ergattern.
es sei hochsaison, kein bett verfügbar, man müsse abwarten, hört sie. nein, schreit der bürgermeister ins telefon, er wolle und könne nicht warten, er sei es nicht gewohnt, vertröstet zu werden, er werde in drei minuten vor dem hotel stehen und erwarte sich ein freies bett für die beamtin aus dem bezirkskommando, und zwar für eine nacht, und wenn das nicht geht, wird ein bett in der sauna aufgestellt.
derart eingeschüchtert über die art des bürgermeisters, seine wünsche durchzusetzen, wagt sie wegen der drohenden situation, in einer sauna schlafen zu müssen, keinen ton herauszubringen, lässt das dumme handy endgültig in der manteltasche versinken und harrt der dinge, die sich entwickeln.
nicht einmal die wichtigsten toiletteartikel hat sie dabei, schiesst es ihr durch den kopf, nicht ahnend, dass sie wegen der talsperre und der anhaltenden suche nach weiteren opfern nicht mehr zurückkommen würde. also ergibt sie sich in das weitere schicksal und in die abhängigkeit vom herrn bürgermeister mit seinem organisationstalent. tatsächlich und zu ihrer überraschung wird ihr an der rezeption des hotels zugesagt, dass sie ein einzelzimmer beziehen könne, wenngleich es auch ein personalzimmer sei, das vor ein paar tagen völlig überraschend frei geworden ist. dass in dem zimmer noch persönliche sachen einer frau herumlägen, die inzwischen ausgezogen ist. dies sei jedoch in zwanzig minuten erledigt, man schi-

cke eben ein zimmermädchen hinunter, um das zimmer zu säubern.
wegen der bezahlung müsse sie sich vorerst keine sorgen machen, das werde der herr bürgermeister übernehmen und mit dem bezirkskommando verrechnen, sagt der rezeptionist. sie möge sich noch etwas gedulden und in der halle einen kaffee trinken, bis das zimmer beziehbar ist. der kaffee geht aufs haus, die zeitschriften sind alle in deutsch, der talsperre wegen halt nicht ganz am neuesten stand.
der bürgermeister hat die letzten erläuterungen nicht abgewartet und ist grusslos entschwunden und davongebraust.
sie setzt sich in die hinterste ecke der halle unter den schein einer stehleuchte, sucht nach einem schreibstift in der manteltasche, entdeckt das fremde handy und notiert schnell alle nummern, die sie im telefonspeicher findet, in ihr notizbuch.
darunter eine liste mit ihren vermutungen zum tod des mesners, die sie veranlasst haben, den leichnam mit dem hubschrauber fortzuschicken, eben für den fall, dass sich die angeordnete obduktion als unnötig herausstellen sollte. wehe mir!, steht ganz unten am blattrand. zwanzig minuten später wird sie in ihr zimmer geführt, endlose stufen hinab bis in den keller im zweiten untergeschoss, vorbei an langen unbeheizten gängen, hinein in ein winziges loch mit einem fenster, das ganz oben in der wand in einen schacht führt, der kein tageslicht durchlässt. im raum brennt eine leuchte in einer baufassung an der

decke, eine kleine tischleuchte ist zuschaltbar. das bett zum glück breit, aber etwas durchgelegen. in der eile hat man eine neue bettwäsche aufgezogen, die alte wäsche liegt noch in einem korb, der später abgeholt wird, so wurde ihr versichert.
am bettende stehen zwei prall gepackte reisetaschen mit in der eile hineingestopften utensilien der vorgängerin, die hier untergebracht war. der teppichboden ist uralt, runzlig, verdreckt. die möblierung bunt durcheinandergewürfelt, ohne konzept zusammengestellt, ein personalzimmer eben, wie man es von früher kennt, aus den achtzigerjahren. die junge beamtin schluckt schwer beim anblick des zimmers, ist aber doch froh, überhaupt etwas zimmerähnliches bekommen zu haben und nicht einen saunaplatz.
und sie ist gespannt darauf zu erfahren, was für dieses zimmer berechnet wird, zumal in der momentanen situation mit der talsperre wegen der grossen lawinengefahr. aber sie tröstet sich damit, dass der spuk nur eine nacht dauern würde und am nächsten tag entweder die strassen offen sind oder der helikopter sie abholt.
der chef der bergrettung hat bei ihr angerufen, weil er angeblich den alpinpolizisten nicht mehr erreicht hat. die sondierungsarbeiten seien eingestellt worden, man habe keine weiteren opfer gefunden und es werde aktuell auch niemand im dorf vermisst.
»das essen wird ab neunzehn uhr für das personal, oh verzeihung, sie sind bei uns gast, also ab neunzehn uhr im speisesaal im erdgeschoss serviert«, heisst es von der

rezeption herüber. man bedauere die unannehmlichkeiten mit dem zimmer, aber es sei einfach sonst nichts frei im ganzen haus und im ganzen ort.
das abendessen ist vorzüglich, so gut hat sie seit wochen nicht gegessen, aber der rückweg aus dem gediegenen speisesaal in das zimmer ist ernüchternd. wie gut, dass sie telefonisch kontakt mit ihrem kollegen max in der bezirksstadt aufnehmen kann. es gibt nicht einmal ein fernsehgerät im zimmer.
ein anruf des kollegen max aus seinem nachtdienst in der bezirksstadt landeck lässt sie zu später stunde aufhorchen, damit ist sie wieder hellwach! »die obduktion«, das kann er jetzt schon berichten, »hat ergeben, dass der tote nicht am fussweg ins tal von der lawine erfasst wurde, vielmehr muss er bereits als leichnam in der lawine zu tal gekommen sein. er war schon etwa einen tag vor dem lawinenabgang tot, erdrosselt, wie es die spuren am hals vermuten lassen. die verletzung am oberarm sei jedenfalls älteren datums. weitere erkenntnisse sind zu erwarten«, ergänzt er noch und legt auf.
also doch! sie hat es ja vermutet, möglicherweise aber aus einem bauchgefühl heraus gehandelt und entschieden. jedenfalls fällt ihr ein stein vom herzen, hat sie doch richtig reagiert, als sie entschieden hat, den leichnam untersuchen zu lassen. froh über diesen erfolg, kommt ihr wieder das handy in der manteltasche in den sinn und sie wählt ein weiteres mal in dieser nacht die nummer ihres kollegen max in landeck.

kapitel 4

pfarrer viktor wird als ausländer und darüber hinaus als mann der kirche wie alle leute des öffentlichen lebens sehr genau, manchmal auch kritisch, beäugt und beobachtet.
in seiner recht sportlichen art ist er kein mann grosser worte und langer erklärungen. vielmehr hält er sich kurz und kühl und manchmal überhaupt nicht an gewohnte bräuche, versucht auch hin und wieder, persönliche vorlieben einzubringen, was von der bevölkerung teils als dickköpfigkeit oder egoismus gewertet und nicht überall mit wohlwollen aufgenommen wird.
erst im letzten frühjahr als hilfspfarrer für den alten dorfpfarrer zur unterstützung eingesetzt, muss er den älteren kollegen schon nach wochen, im folgenden hochsommer, beerdigen. während der feldarbeit der dorfbauern ist der alte pfarrer eines morgens vor der sakristeitüre zusammengesackt und verschieden. seitdem wirkt pfarrer viktor als alleiniger seelsorger, ist aushilfsweise in den angrenzenden orten seelsorgerisch verpflichtet.
der bürgermeister hat nach einigen unmutsäusserungen von einheimischen und auch seiner gemeinderäte bei der diözese angefragt, wann mit der neubesetzung der pfarre zu rechnen sei. gemeint war damit aber nicht, dass pfarrer viktor als nachfolger in frage käme, das hat man auch in der diözese unmissverständlich so aufgefasst.
so hat es bald unterschiedliche lager im dorf gegeben. einige protestieren dadurch, dass sie den messen nun fernbleiben, andere sind unparteiisch, besuchen aber

auch keine messen, und nur ein kleinerer rest hält dem chistlichen leben im dorf die treue.
das hat claire, die nichtfranzösische beamtin, bei ihrem ersten rundgang im dorf und dem besuch des friedhofes bei der kirche in aller hergottsfrüh – der tag war noch nicht angebrochen – schon erfahren. das durchgelegene bett war schuld für die heranschleichenden kreuzbeschwerden. eine ältere frau mit kopftuch hat vergeblich versucht, die kerzen an einem grab anzuzünden, die streichhölzer haben sich im schnee verloren. das hat sie eine weile beobachtet und der frau dann helfend unter die arme gegriffen mit ihrem neuen feuerzeug. weil die frau so dankbar war, hat sie auch gleich noch weitere kerzen von angrenzenden grabstellen herangeholt und damit das eine grab recht hell beleuchtet. dabei ist bei dem vielen schnee von den gräbern wenig zu sehen, nur an den vielen hügeln kann man erahnen, dass darunter gräber stecken, auch die kreuze sind völlig eingeschneit. kerzen stecken am rand der hügel, dazwischen sind nur einige wenige wege halbwegs freigeschaufelt.
»für familien mit kindern im schulalter ist es praktisch unmöglich, sich aus dem kirchlich-dörflichen leben herauszuhalten«, erklärt die frau.
»sie sind oft überfordert mit den recht aufwändigen vorbereitungskursen für die erstkommunion und für die firmung der sprösslinge. es wird von seiten der kirche sehr darauf geachtet, dass die kinder und auch die eltern ständig und pünktlich kommen.«
claire wundert sich über die alte frau, hat ihr diese kritische meinung gar nicht zugetraut.

»im dorf kursieren auch zuweilen vorwürfe und beschuldigungen, der herr pfarrer sei des nachts schon öfters in der nähe des table-dance-lokals gesehen worden.« zwielichtige damen würden im pfarrwidum ein und aus gehen. »pfarrer viktor, der sportler, läuft täglich einige runden, teils im dorf und teils in unwegsamem gelände, teils in der dämmerung und manchmal zu nachtschlafender zeit.« manche behaupten, der herr pfarrer entstamme einem ungarischen adelsgeschlecht und habe daher seine in der bevölkerung empfundene adelige unnahbarkeit mitbekommen, andere wollen wissen, er stamme aus sehr, sehr einfachen verhältnissen, ja seine mutter sei eine aus dem horizontalen gewerbe gewesen, und er habe wohl nie in geordneten verhältnissen gelebt vor seinem eintritt ins priesterseminar.
die verbreitete abneigung in der bevölkerung allem fremden und ausländischen gegenüber und auch seine gelebte sturheit bei kirchlichen abläufen sind hinderlich für ein konfliktfreies kirchliches leben im dorf.
so hat die jüngste episode, dass mitten in der wintersaison die sonntägliche messe ausgefallen ist, wieder für unmutsäusserungen gesorgt. es ist nämlich nicht angekündigt gewesen, dass der pfarrer verreist ist. und mit ihm soll auch der dorfmesner vermutlich weggefahren sein, jedenfalls waren beide nicht erreichbar. eine notiz an der kirchentür angeheftet, wo die namen stehen für die verstorbenen, denen die messen gelesen werden, enthielt eine mitteilung, die der pfarrer viktor offensichtlich in eile dort platziert hat. »komme wieder in fünf tagen.« im dorf

hat niemand gewusst, was geschehen ist. bis gestern, als der lawinentod des mesners bekannt geworden ist und der pfarrer viktor wieder im dorf auftauchte. er sei nach rom berufen worden, hat er bei der abendmesse verkündet. vorgestern abend sei er wieder zurückgekommen, nach fünf tagen abwesenheit sei er noch rechtzeitig und wahrscheinlich als einer der letzten vor der sperrung des tales wegen der wachsenden lawinengefahr auf der strasse in richtung dorf unterwegs gewesen. das war seine kurze und knappe erklärung.
»der lawinentod des mesners albert ist sehr bedauerlich. pfarrer viktor hat mehrmals seine feuchten augen gewischt«, hat sich die frau am friedhof erinnert.
»sehr unverständlich, weil der mesner doch nie, wie sonst auch kein einheimischer, winters einen fuss in dieses seitental setzt. die jäger nehmen einen umweg, wenn sie zu den futterstellen im wald müssen«, lamentiert sie, mehr zu sich selbst als an claire gewandt. ja, die bergretter haben ihn auch unvollständig gekleidet aufgefunden, nur mit hemd und hose, am fusse des lawinenkegels. unersetzlich ist der verlust, weil der ort nun ohne mesner auskommen muss.

der leichenfund im lawinenabgang ist natürlich das tagesgespräch bei den einheimischen. im herzadler und in den stammlokalen der dorfbewohner sind teils heftige debatten geführt worden, weil neue versionen aufgekommen sind über seine todesursache. fotos auf handys vom fund am lawinenkegel machen die runde, werden herum-

gereicht und weitergeschickt. man sieht nur einen arm aus dem schnee ragen, der tote hat ein rot-grün kariertes hemd getragen.
und noch etwas hat die ältere frau gewusst:
der alte dorfpfarrer ist ein leiblicher bruder von albert, dem mesner, gewesen. albert, als wortkarger und mürrischer alter mann bekannt, immer sehr einsilbig seit dem tod seiner frau und seiner schwester und so ziemlich der einzige, der nie ein schlechtes wort über den ungarischen hilfspfarrer viktor verloren hat.
im dorf hat man angenommen, dass albert zusammen mit dem pfarrer viktor überstürzt verreist sei, weil er offensichtlich mehrere tage in der kirche nicht erschienen ist.

kapitel 5

während des frühstücks im herzadler studiert die beamtin claire eifrig die liste mit den nummern und namen in ihrem notizbuch.
die recherche um das gefundene handy aus dem auto des bürgermeisters hat ergeben, dass es dem toten albert gehört hat. ein uralthandy mit sehr eingeschränkten möglichkeiten, so sind nur die nummern der letzten zehn telefonate aufgezeichnet. darunter eine ausländische nummer, offensichtlich ist er mehrfach von einer telefonnummer mit ungarischer vorwahl angerufen worden, das muss am tag seines todes gewesen sein. einige namen hinter den nummern werden noch eruiert, darauf wartet sie bereits ungeduldig.
der kollege max in landeck hat in seiner nachtschicht ganze arbeit geleistet, schon in der früh hat er sich wieder gemeldet. der bezirkskommandant des landecker bezirkspolizeikommandos ist jetzt endgültig krankgemeldet, auf unbestimmte zeit. hinter vorgehaltener hand munkelt man über ein alkoholproblem, das ihn schon länger begleite. es ist zu einem exzess gekommen in seiner wohnung und seine ehefrau ist daraufhin ausgezogen und zu einer freundin geflüchtet.
man habe beschlossen, den dienstältesten mit den weiteren agenden zu betrauen, er soll den betrieb interimistisch leiten und sie, claire, die junge beamtin, die sich ja schon dadurch profiliert hat, den lawinentoten obduzieren zu lassen, und damit grosses kriminalistisches

gespür bewies, müsse jetzt an dem fall dranbleiben, man könne aber niemanden aus der bezirksleitung zusätzlich dafür abstellen. »also, kopf hoch und durch und hals- und beinbruch«, munterte sie der stellvertretende chef auf. er erwarte sich morgen, spätestens aber übermorgen neue erkenntnisse!

im laufe des tages wird sie noch die ausstehenden informationen zu den telefonnummern bekommen, ausser der ungarischen nummer, da habe man keinen schnellen zugriff und es dauert wohl noch tage, bis eine internationale anfrage erkenntnisse bringt. am weg zum frühstücksbuffet wird ihr ein wenig schwindelig und sie ist froh, dass sie es zurück an den tisch schafft, lässt sich in den stuhl fallen und überlegt, wie es weitergehen wird. allein auf sich gestellt, den druck des bezirkskommandos im nacken, ohne plan, wo ein verdächtiger zu suchen oder zu finden ist. auch muss sie sich mit aller vehemenz dafür einsetzen, ein anständiges zimmer zu bekommen, besonders wenn die lawinensituation noch länger anhält und keine aussicht auf die aufhebung der talsperre besteht.

inzwischen ist es auch unter den feriengästen zu unmutsäusserungen gekommen. täglich belagern sie die rezeptionen in den hotels, sind auch ständig auf der lauer nach neuen nachrichten. in den medien treten lawinenexperten auf, die kein ende der schneefälle in aussicht stellen, die lawinengefahr steigt täglich, hat schon einen jahrhundertwert überschritten. andauernd werden mögliche abgänge auch in bewohntes gebiet befürchtet, die dächer haben die grenzen der belastbarkeit erreicht, mancherorts

werden schon die schneemassen von den dachflächen abgeschöpft. das bewegen im freien raum, also ausserhalb von schipisten, ist seit tagen absolut untersagt. selbst der betrieb der meisten schilifte ist inzwischen eingestellt. einige gäste haben versucht, helis anzuheuern, haben aber keine landeerlaubnis bekommen. da war nichts zu machen. selbst für die wirtschaftskapitäne unter den wintergästen ist es nicht möglich, sondergenehmigungen zu erwirken. die lebensmittel sind nicht knapp, das versichern die hoteliers als antwort auf horrormeldungen von fernsehstationen. man sei für solche situationen bestens gerüstet, habe genug von allem in den kühlhäusern gebunkert.
lediglich das zitroneneis ist nicht mehr verfügbar, wird aus dem übertragungswagen einer tv-station berichtet.
beim anruf aus dem bezirkskommando in aller frühe hat max ihr die namen zu den nummern aus alberts handy durchgegeben.
claire klappt ihr notizbuch zu, überlegt, wohin sie nun gehen soll, und steuert direkt auf das gemeindeamt zu.
es ist neun uhr, kaum jemand ist unterwegs. aber im gemeindeamt tagt schon wieder die lawinenkommission. durch die glastüre erkennt man die ernsten gesichter mit den finsteren mienen im sitzungsraum, der bürgermeister steht vor der grossen leinwand mit einem zeigestab vor einer eingeblendeten karte auf dem riesigen bildschirm. seelenruhig tritt claire, die junge beamtin, ein, setzt sich ungefragt, die sitzung quasi nicht stören wollend, auf den ersten freien sessel, holt ihr notizbuch aus der mantelta-

sche. der bürgermeister ist in seinen erläuterungen etwa eine minute fortgefahren, schwenkt dann ganz unvermittelt um zu einer begrüssung des gastes. da habe eine junge beamtin in ihrem einsatzeifer aus einer mücke einen elefanten machen wollen, indem sie doch tatsächlich den leichnam des mesners aus der lawine zur obduktion geschickt hat, lässt er alle wissen. vielleicht sei der eigentliche beweggrund gewesen, die legendären nächte im dorf kennenzulernen oder eben einen der jungen schilehrer, oder beides. und ihm, dem überlasteten bürgermeister, sei die ganze arbeit geblieben, sie vom flugfeld abzuholen, ihr ein zimmer zu besorgen. trotz der hochsaison und trotz der ausgebuchten lage und eben auch trotz der talsperre habe er sogar noch ein zimmer im herzadler für sie organisieren können. und jetzt störe sie, und dies ungefragt, die sitzung der lawinenkommission! dabei habe er doch gebeten, man möge einen erfahrenen beamten schicken, aber man habe im moment nichts anderes zu bieten als eine beamtin in ausbildung, setzt er noch obendrauf.
»das dorf ist berstend voll mit touristen, und dann taucht eine kriminalstudentin auf, um herumzuschnüffeln und um noch mehr aufregung zu produzieren.«
claire bekommt einen hochroten kopf, sie klammert sich mit einer hand an der tischkante fest, bis die fingerknochen weiss sind. dann aber hebt sie zu einer kurzen rede an. sie sei als eben aus der ausbildung erfolgreich entlassene absolventin gleich nach landeck versetzt worden, in das verschlafene provinzstädtchen, und mit dem hubschrauber zu einer routineaufnahme hierhergeflogen worden.

eine besichtigung der leiche im einsatzzentrum bei der bergrettung hat bei ihr die glocken läuten lassen, weil sie spuren von strangulierung entdeckt hat.
»tatsächlich hat sich inzwischen herausgestellt, dass der mann nicht in der lawine umgekommen ist, er muss schon tage vor dem lawinen- abgang tot gewesen sein. so viel zum bisherigen verlauf«, berichtet sie. »und ich bin hier, um einige fragen beantwortet zu bekommen, das kann ich nirgends besser als hier im gemeindeamt erreichen, wo doch alle wichtigen einheimischen leute versammelt sind. und noch einen grund gibt es, warum ich ungebeten in diese sitzung platze: gestern habe ich im wagen des bürgermeisters ein handy gefunden, das offensichtlich nicht dem herrn bürgermeister gehört, weil er als weltbürger mit einem so antiquierten telefon nicht in verbindung zu bringen ist.« claire kommt allmählich in rage.
er möge ihr den kleinen diebstahl verzeihen, sie hat es eben eingesteckt, um ihn später zu fragen, ob es seines ist. hat es dann aber vergessen in der tiefen manteltasche und wegen der sich überstürzenden ereignisse. »nun, am abend, allein im ort, in einem zimmer ohne fenster – es gibt noch solche räume als ausnüchterungszellen im bezirkskommando –, habe ich mich an das telefon erinnert und festgestellt, es gehörte dem mesner albert. da ist natürlich sofort die frage aufgetaucht, wie das handy in den wagen des bürgermeisters gekommen ist.«
stille. eine geschlagene minute kein mucks, kein räuspern. diese rede hat gesessen. der bürgermeister ist in seinen stuhl gerutscht, abwechselnd hochrot und bald darauf

blass, geradezu aschfahl, sich ausmalend, dass dieser verdacht nichts gutes bringen könne.
als würde er bei weiterer anwesenheit sein selbstvertrauen verlieren, verkündet er kurz:
»die sitzung ist beendet. wir verändern im moment nichts an der talsperre. nächster treffpunkt ist um 14 uhr im herzadler«, packt eine vor ihm liegende mappe und verschwindet grusslos durch die glastür.
»ich darf sie noch eine minute um ihre aufmerksamkeit bitten, meine herren. nehmen sie platz, ich werde mich mit meinen fragen sehr kurzfassen«, setzt claire nach. nach einer minute geduldigen wartens bequemen sich alle, sich wieder hinzusetzen.
dem herzadlerwirt ist anzusehen, dass die bemerkung über die unterbringung in seinem haus die wirkung nicht verfehlt hat.
deshalb ernennt er sich zum sprecher der männerrunde, bemüht, im namen aller anwesenden antworten auf die fragen nach nummern und namen zu finden, die ihnen die junge beamtin gestellt hat.
es sind namen gefallen von dorfbewohnern. der pfarrer ist darunter. mit der telefonnummer aus ungarn kann offenbar niemand etwas anfangen, scheint für alle unbekannt zu sein. »ich danke ihnen, meine herren, und wünsche einen guten tag«, sagt claire, packt ihr notizbuch ein. den abgang des bürgermeisters hat sie mit genugtuung beobachtet. es ist ihr nicht verborgen geblieben, dass einige kommissionsmitglieder besonders hämisch grinsten wegen der ungeklärten handysache. natürlich nimmt niemand an,

der bürgermeister habe mit dem tod des mesners zu tun, obwohl die beiden keine »besten freunde« gewesen sind, schon wegen der grundstücksabtretungen, die seitens der gemeinde vehement betrieben worden sind, und dann auch wegen der mistlege an der hauptstrasse, eine angelegenheit, die sich schon über jahre hinzieht. tja, was also ist davon zu halten, dass der mesner albert bereits als toter in die lawine gekommen ist? und dann kommt eine junge beamtin in die sitzung geplatzt, hat ganz elegant auf die unfreundliche begrüssung des bürgermeisters reagiert und damit beinahe eine bombe platzen lassen.

kapitel 6

am rückweg zum hotel hält ein dunkler geländewagen neben claire, ein seitenfenster wird geöffnet, der kopf des hoteliers vom herzadler wird sichtbar. »wir haben den gleichen weg, vermute ich. steigen sie ein, sie kommen mit ihren dünnen sohlen nicht recht weiter in diesem schneematsch.«

»auch hab ich leider nicht gewusst, dass sie bei uns eingecheckt haben, das hab ich erst heute früh erfahren. wenn das haus nicht so voll gebucht wäre und dazu noch bei dieser talsperre, sie hätten eine traumsuite bezogen. das ist sicher. aber da fällt mir ein, dass ich sie ganz exklusiv unterbringen kann, wirklich vom feinsten. wir haben da noch ein kleines schlosshotel am dorfrand auf der anhöhe, leicht zu fuss erreichbar, gute winterschuhe vorausgesetzt.« der herr herzadlerwirt lächelt etwas nachsichtig.

»es ist eine suite, wie wir sie nur an die schönen und reichen dieser welt vermieten.«

claire nimmt endlich im wagen platz.

»wegen der talsperre ist die suite diese woche zwar vermietet, aber nicht bezogen worden. und weil sie jetzt leersteht und auch kein hubschrauberflug mit neuen gästen eine landeerlaubnis bekommen wird, auch beispielsweise präsident putin nicht, und der präsident trump schon zweimal nicht, da kann auch so einer kopfstehen – deshalb steht die suite für sie zur verfügung. bezahlt hat dies ohnehin ein deutscher wirtschaftskapitän, der vorausschauend, wie er auch sonst agiert, gleich das ganze

bergschlosshotel gemietet hat für seine crew und für die bodyguards und sein ganzes gefolge.«
was natürlich für die nächsten wochen bedeute, komme es doch noch zu einem verspäteten besuch des magnaten, sei das damit produzierte chaos nicht abzuschätzen, habe man die suiten doch bereits wieder anderweitig vermietet. man sei ein dienstleister an der »haute volaute« und damit ein spielball für die reichen und mächtigen, seufzt er.
er lenkt den wagen bergan in richtung bergschlosshotel, telefoniert über die freisprecheinrichtung, ordnet an, das gepäck aus dem zimmer der beamtin sei sofort vom keller des herzadlers in die schmugglersuite im bergschlosshotel zu bringen. sie habe kein gepäck, müsse sich erst weitere kleidung aus den läden im ort zulegen, wirft sie ein. das werde zwar ihre visakarte stark beanspruchen, aber sie hoffe ja auch darauf, dass die talstrasse bald wieder für den verkehr freigegeben werde. dann werde sie mit dem postbus nach landeck fahren und nachschub holen, sie danke auch herzlich für seinen einsatz.
in der tiefgarage des hauses wird sie abgesetzt, der hotelier legt seine hand auf die ihre. »sie haben das heute ganz grandios gemacht, unser lieber freund der bürgermeister ist heftig angeschlagen wegen ihrer meldung vom fund des handys in seinem auto. hat doch jeder gewusst, dass sich die beiden nicht riechen konnten«, lobt er sie, dann erklärt er ihr den weiteren weg: »sie gehen durch die verglaste tür zum lift, hier die keycard dazu. drücken sie s2, und sie stehen mitten im apartment. ihr gepäck ist schon

unterwegs. viel glück bei den weiteren ermittlungen. ich freue mich, wenn sie mich am laufenden halten, hier meine karte mit meiner nummer, falls sie was brauchen«, zwinkert er ihr zu.

die neue unterkunft ist ein teil einer grossen suite, die das ganze geschoss in anspruch nimmt. die verbindungstüren zu anderen räumen und zur grossen suite sind gesperrt. auf dem brandschutzplan aber ist erkennbar, dass drei solch kleinerer einheiten mit einer riesengrossen wohnung verbunden sind. eben für das personal gedacht, das mit den wirtschaftsbossen reist. oder für die privatsekretärin oder das kindermädchen oder für die bodyguards. auch diese kleineren wohnungen verfügen über einen wohnteil, ein eigenes schlafzimmer mit begehbarem schrankraum und ein schönes bequemes bad. später, als sie einige weitere schranktüren öffnet, kommt noch eine teeküche zum vorschein. und überall sind fernsehgeräte installiert, auch im bad, selbst im spiegel ist ein solches gerät eingebaut. der hauptfarbton der einrichtung inklusive des bodens ist ein gedämpftes weiss. alles in allem eine traumhafte komposition von räumen und möbeln, ein quantensprung zur unterkunft im keller des herzadlers.
der job als ermittlerin ist ja luxuriöser als gedacht, schmunzelt sie bewundernd. es wird ihr gleichzeitig auch bewusst, dass sie ziemlich unter erfolgsdruck steht aufzuklären, warum albert schon vor dem lawinenabgang offensichtlich durch gewaltanwendung das zeitliche gesegnet hat.

auf den endgültigen befund aus der pathologie wartet sie noch ungeduldig. spätestens wenn die talsperre wieder aufgehoben ist, muss sie dringend nach landeck, um einige dinge in angriff zu nehmen, die von hier aus nicht zu recherchieren sind. und beinahe gleichzeitig zweifelt sie an der theorie, dass ein verbrechen zwingend hinter dem tod von albert stehen müsse. es hätte ja auch harmloser sein können: er ist betrunken gewesen, hat in einem anfall von verzweiflung, möglicherweise wegen eines befundes vom arzt, sich einen strick um den hals gelegt. die lawine hat ihn später mitgerissen.
aber das sind ja wieder ihre zusammengeschusterten geschichten nach der art, wie sie das aus zeitungsberichten und kriminalfilmen kennt. nein, definitiv ist es gewaltanwendung! die spuren eines strickes sind an einer stelle am hals recht gut auszumachen, auch wenn kein strick auffindbar ist und sie sich gescheut hat, ein schnelles handyfoto vom toten im raum der bergrettung zu machen. da sind aber noch einige telefonnummern, die sie abzuarbeiten hat, um nicht später den vorwurf zu bekommen, sie habe nicht ausreichend recherchiert. auch darf sie fortan keine schriftlichen aufzeichnungen machen, wie sie es in ihrer ausbildung gelernt hat, wegen der neugierigen angestellten im hotel, die in ihrer abwesenheit einen blick in die suite werfen könnten, weil sie alle sofort mitbekommen haben, warum und wozu sie hier ist. schliesslich arbeitet sie nicht im polizeikommando im landecker büro. deshalb muss sie alles im kopf zusammenhalten. ist im moment auch nicht allzu schwer bei den dünnen fakten und den fehlenden verdächtigen.

der bürgermeister scheint ihr nicht wirklich verdächtig, obwohl er sich eigenartig benommen hat. »ein mann mit vielen aufgaben und etwas übersteigertem selbstwertgefühl«, so hat es der leiter der schischule formuliert, den sie nach ihrem friedhofsbesuch angesprochen hat, als sie sich noch im halbdunkel des morgens eine zigarette anzünden wollte und bemerkt hat, dass das eigene feuerzeug inzwischen leer geworden ist.
»der wichtigste mann im wichtigsten tourismusort der ganzen gegend weitum hat im hinblick auf die nächsten wahlen im kommenden herbst nicht gerade eine grosse freude damit, wenn die kriminalpolizei im dorf bei voller bettenbelegung recherchiert. auch die talsperre belastetet sein nervenkostüm«, hat er den bürgermeister recht freimütig charakterisiert. als sportler ist er nichtraucher, gibt er dann auf die frage nach feuer bedauernd an.
dass der tod des mesners für gerüchte in der bevölkerung sorgt, das ist inzwischen auch klar. hat ihr ja auch der hotelier erzählt, dass der mesner in seinen jungen jahren schon zweimal für das amt des bürgermeisters kandidiert habe, damals als gegenspieler zum vater des jetzigen bürgermeisters, aber er sei zweimal unterlegen. der bürgermeistervater hat seinem sohn das amt nahtlos übergeben, weil er in seiner letzten periode in der halbzeit abgedankt hat. dass der junior-bürgermeister in der zwischenzeit schon zwei erfolgreiche wahlen gewonnen hat, spreche nicht für die qualität seiner arbeit, sondern eher für den mangel an kandidaten, die bereit sind, gegen den für seinen jähzorn bekannten bürgermeister anzutreten. seit

heute morgen, nach dem skandal mit dem handy, fühle er sich gestärkt, ja eben glühend für eine neue aufgabe.
»das hotel läuft von selbst, ich habe eine grandiose struktur geschaffen, die mir freiräume erlaubt, die ich nicht in meinen feriensitzen in mallorca oder marbella absitzen möchte, nein, hier ist meine zukünftige aufgabe«, hat er in seinem inzwischen bekannten redefluss von sich gegeben.
das ist schon cin cindeutiges signal, auf den thron des gemeindeoberhauptes gerichtet! sicher muss sie noch weitere hintergründe studieren, aber klar wird dabei auch, dass es innerhalb einer gemeinde nicht nur einstimmig und nicht immer konfliktfrei zugeht.
einige geschichten über die leute im dorf würden ihr wissen um gewisse zusammenhänge bereichern, deshalb beschliesst sie, sich beim vorderwirt, angeblich dem stammlokal der einheimischen, umzuhorchen.
am weg dahin trifft sie auf korbinian, der aus seinen gedanken aufschreckt, als sie ihn aus einiger entfernung grüsst. er habe ihr ein geständnis zu machen, sagt er etwas zerknirscht. »das handy von albert habe ich eingesteckt, wie ich ihn ausgegraben hab. ging ganz automatisch, quasi unbewusst. ich hab es dann offensichtlich im auto verloren, bin mit dem bürgermeister von der lawine ins dorf zurückgefahren. ist wahrscheinlich aus meiner tasche gerutscht.«
er steht vor ihr mit weit geöffnetem hemd und offener jacke, wie schon bei der ersten begegnung, am hals eine kette mit einem damenring.
»im auto vom bürgermeister?«, fragt claire. korbinian holt luft, »das muss ich dir genauer erklären«, überlegt er.

»das auto, mit dem der bürgermeister, ja alle im gemeindeamt herumfahren, ist eigentlich das auto von clemens, dem gemeindesekretär. er ist die gute seele im dorf. hilft jedem und allen«, und setzt nach: »ist äusserst tüchtig und beliebt. wenn er so weitermacht, wird er den bürgermeister beerben. spätestens bei der nächsten wahl im kommenden herbst wird clemens kandidieren, und dann ist es ein kampf zwischen ihm und dem amtierenden bürgermeister und dem herzadlerwirt. clemens ist ja ein naher verwandter von albert, nämlich sein neffe«, erklärt korbinian.
»das besitzverhältnis des wagens hab ich schon herausgefunden«, bemerkt claire, »das hat sich ganz nebenbei ergeben.« »möchte mich bei dir entschuldigen«, ändert er das thema. claire legt den kopf leicht zur seite, als würde sie auf einem ohr besser hören, aber es ist eine angewohnheit, den kopf schief zu halten, wenn sie neugierig wird. so schaut sie richtig schön aus, die junge polizistin, denkt korbinian, und es knistert ordentlich.
»also schiess los, warum willst dich entschuldigen?«, kommt es von claire, diesmal recht ungeduldig. »ich hätte mich um dich kümmern sollen, weil du ja keine unterkunft gehabt hast. inzwischen habe ich erfahren, dass du in den fängen des herzadlerwirtes gelandet bist. sogar im bergschlosshotel residierst du, hab ich gehört. aber pass auf, der mann ist redegewandt, hinterlistig und ein frauenheld.«
»hab alles im griff, und sollte ich mich nicht erwehren, ruf ich dich an«, bemerkt claire etwas schnippisch. »die

entschuldigung nehm ich an«, kommt es dann mit einem wundervollen augenaufschlag, wie er freudig bemerkt. korbinian, auf dem weg zum haus von albert, lädt claire ein, mit ihm zu kommen. das will sie natürlich nicht versäumen, hakt sich bei ihm ein. »ich begleite dich, möchte gern sehen, wie er gelebt hat, der alte herr.«

es ist noch früher nachmittag, das wetter trüb, wieder setzt leichter schneefall ein, es herrscht schlechte sicht, besonders am berg. an den seilbahnstationen laufen die schriftbänder und melden nur eingeschränkten betrieb mit einigen wenigen liften wegen des nebels und der starken windböen im gebirge oder völligen stillstand von anlagen. die schilehrer haben sich, heute meist arbeitslos, beim vorderwirt in ihren arbeitsdressen eingefunden und umstehen die bar. die meisten tragen ihre mützen in einer art, als ob sie sie am kopf vergessen hätten. diese mützen am kopf der männer rufen in ihr immer wieder heitere kindheitserinnerungen wach, damals hat sie beobachtet, wie die mützen der männer kaum ins gesicht gezogen werden, die ohren frei, frei auch die stirn, so nachlässig getragen, als drohten sie jederzeit vom kopf zu fallen, dabei sehen die männer aus wie die sieben zwerge. beinahe wäre sie an der eingangstür zum vorderwirt wieder umgedreht, weil sie so viele männer an der bar erblickt. die neugier aber ist stärker. alle wenden sich nach der tür, als sie hereinlugt. zu spät zum umkehren, jetzt muss sie in die höhle der löwen.

etwas breitbeinig stellt sie sich in der nähe der theke auf, als würde sie jeden moment strafmandate ausstellen.

dabei kommt ihr ellbogen zu nahe an den rücken eines ganz vorne lehnenden schilehrers, der dreht sich um, macht einen theatralischen ausfallschritt zur seite, gerade als er sich zur jungen beamtin umdreht.
sie nützt die gelegenheit, füllt behend die entstandene lücke und ist siegessicher am bartresen gelandet. damit hat sie sich elegant aus der affaire gezogen, falls der gestossene lauthals reklamiert hätte. der kellner stellt aber auf einen wink des doch galanten schilehrers bereits ein gezapftes bierglas vor claire hin. sie nimmt das glas, macht einen kräftigen schluck, wischt sich den schaum mit dem ärmel ab und stellt es wieder zurück.
»du bist die polizeibeamtin aus landeck«, sagt einer aus der hinteren reihe. »hast den albert in die pathologie geschickt«, meldet sich ein anderer. »jedenfalls verstehst du dich an eine bartheke heranzuarbeiten«, meint der galante bier spendende schilehrer. allgemeines gelächter. etwas gekünstelt dankt claire.
»bist du die schnüfflerin hier?«, meldet sich ein schmächtiger schilehrer mit einer riesenmütze auf dem kopf zu wort. »der albert ist tot, und über tote reden wir nicht«, setzt er nach. es will sich kein rechtes gespräch ergeben. die schilehrer sind einsilbig, wenn claire fragen stellt. wie eine unsichtbare mauer, denkt sie. keiner will etwas sagen, als würde es sich um ein verhör handeln. die schilehrer beantworten ihre fragen schleppend, weichen den meisten aus.
was sie da im vorderwirt zusammentragen kann, ist erschütternd wenig, vermittelt eben ein erstes bild von

verschlossenen bewohnern in einem erfolgreichen tourismusdorf, in dem intern zwar gestritten wird, dann aber auch wieder eisern geschwiegen, wenn es, wie dieses mal, um einen mordfall geht.
es werden ihr zwar die namen einiger wichtiger dorfoberen und drahtzieher im dorf genannt, ganz zuvorderst der herzadlerwirt, der alle fäden zusammenhält.
im bergschlosshotel geht sie in die hotelhalle. einige gäste liegen in den ohrensesseln, lesen ein buch oder blättern in zeitschriften. ein livrierter kellner serviert getränke. überall stehen üppige blumenarrangements in teuren vasen, ein pianist klimpert auf dem schwarzen flügel. eine frau ist damit beschäftigt, die welken teile aus den bouquets zu zupfen, offenbar gibt es seit tagen keinen frischen nachschub mehr.
»sie sind die polizistin?«, fragt die blumenfrau leise.
»setzen sie sich doch kurz an die bar. ich serviere uns einen kaffee. mit milch und zucker?« »schwarz ohne allem, und, wenn es geht, einen espresso.« claire mustert die hübsche frau, eine mittvierzigerin mit schönem langen haar, gross gewachsen und sehr klassisch gekleidet.
»ich bin die frau des hoteliers, die hotelierin sozusagen. vom herzadler und vom bergschlosshotel.«
das gespräch an der bartheke verläuft leise, um die noblen gäste nicht zu stören. im hintergrund ein fernseher ohne ton mit den panoramabildern aus dem schigebiet, alle aufnahmen meist nebelverhangen. die freundliche blumenfrau entpuppt sich als bestens geschulte und herzliche unterhalterin.

beide frauen verstehen sich auf anhieb gut. die polizistin fragt nach läden im ort und nach erschwinglicher kleidung. die hotelierin nennt einige boutiquen im ort, erklärt sich nach kurzem überlegen aber bereit, anschliessend mit ihr in den nächsten ort zu fahren, wo eine freundin, irmgard, eine schöne boutique betreibt.
und weil das so glatt läuft, erkundigt sich claire auch nach einigen leuten im dorf: dem pfarrer, dem alpinpolizisten korbinian und patensohn des mesners, dem chef der bergbahnen, dem gemeindesekretär und bauamtsleiter clemens.
auf dem rückweg aus dem nachbarort erzählt die frau des hoteliers vom verstorbenen mesner albert. ihre mutter sei auch einmal kurz verliebt gewesen in den albert, das hat sie ihr erst sehr spät gebeichtet. aber er habe nur gedanken gehabt für die dienste in der kirche. sei mit jungschargruppen in den sommermonaten in ganz europa herumgekommen. sein geheimer wunsch sei gewesen, priester zu werden, aber dafür war er nicht vorgesehen und es hat das geld auch nur für die ausbildung eines einzigen kindes in der familie gereicht damals.
die ausbildung zum priester war seinem zwillingsbruder vorbehalten. der ganze stolz in den erzkatholischen familien war es damals, einen sohn der familie als priester vorweisen zu können.
schon kurz nach seiner primiz ist der pfarrerbruder dann als missionar nach südamerika versetzt worden, und da ist er bis knapp vor seiner pensionierung geblieben. erst spät, vor etwa zehn jahren, ist der weitgereiste missionar

in seine heimatgemeinde zurückgekommen. als emerit durfte er im heimatort bleiben und wirken.
es lebt noch eine schwester von albert und dem altpfarrer in landeck, stark dement, wie man höre. eine weitere schwester ist schon verstorben, eben die mutter von clemens, dem gemeindesekretär. albert hat die kleine bauernwirtschaft seiner eltern weitergeführt bis vor etwa zehn jahren, und erst nach dem tod seiner frau, bald darauf seiner schwester und dem umzug der zweiten schwester in ein altersheim habe er die landwirtschaft aufgelöst. der alte pfarrer, der zwillingsbruder, ist letzten frühsommer gestorben. dann, ganz unverhofft, während sie im geländewagen auf der schneefahrbahn wieder zurückfahren, schwenkt die hoteliersfrau um zu einer fast verschwörerischen botschaft.
sie solle sich nicht blenden lassen von der freigebigkeit ihres mannes, er könne sehr warmherzig wirken. in wirklichkeit aber sei alles, aber auch wirklich immer und alles penibel kalkuliert, mit hintergedanken geradezu gespickt. »passen sie auf, sie sind ja sehr jung und hübsch! aber die wirkliche gefahr ist sein direktor, den er zum geschäftsführer gemacht hat. ich fresse einen besen, wenn der ihnen nicht schöne augen macht! und weil sie mich nach der ungarischen nummer gefragt haben, sie werden es ohnehin herausbekommen, dass auch das table-dance-lokal zu unseren betrieben gehört, auch wenn das mein mann nach aussen hin nie zugeben würde, der kirche wegen und wegen der leute im dorf. dafür hat er ja den geschäftsführer vorgeschoben, der in wirklichkeit keinen

schritt selbständig machen kann. ich nehme stark an, die nummer, nach der sie suchen, gehört einer ungarischen tänzerin.«

»so viel ich mitbekommen habe, wurde die dame vor einigen tagen entlassen, angeblich hat sie bargeld entwendet und den direktor erpresst, so hab ich die geschichte gehört. glauben aber darf man das nicht in der erzählten form, da ist meistens noch etwas im hintergrund, das nicht für die ohren aller bestimmt ist.«

nicht dass sie ihren mann verurteilen wolle, nein, sie habe sich damit abgefunden, dass er die fäden im betrieb und mehr noch: im ganzen dorf zusammenhält. vielleicht habe claire auch die verbitterung gespürt, die mitgeschwungen sei, und das sei so wegen der immer noch unausgestandenen geschichte zwischen ihrem mann und ihrem sohn, den sie damals in die ehe mitgebracht habe. sie sei eine einheimische, von geburt an hier im dorf und auch hier aufgewachsen. daheim habe man eine gästepension betrieben in den anfängen des tourismus nach dem krieg. nach dem tod der eltern ist sie nach london gereist und habe dort in der haute-couture-branche gearbeitet. dort hat sie auch einen meeresforscher kennen und lieben gelernt, der auf einer asienreise in einem defekten mini-u-boot umgekommen ist. und aus dieser liebschaft ist dann der kleine bertram entstanden, den sie mit zurück in das dorf gebracht hat. dort hat sie den heutigen herzadlerwirt geheiratet.

das verhältnis der beiden männer, ehemann und stiefsohn, sei nie harmonisch verlaufen. bertram, der junior,

hat sich nur für kühe und die landwirtschaft interessiert, alle bemühungen des stiefvaters, er müsse touristiker werden, hat er ausgeschlagen.
vor zwei jahren ist er endgültig ausgezogen, im streit bei nacht und nebel. er habe sich in den bergen in der schweiz verkrochen, nicht mal seiner mutter hat er seinen aufenthaltsort damals genannt, habe jeden kontakt abgebrochen und sich erst wieder vor wochen bei ihr gemeldet mit der botschaft, er hat eine reizende frau gefunden, werde bald vater, zusammen veranstalten sie wochenkurse zu fernöstlichen praktiken mit echten buddhistischen mönchen in einem kleinen schweizer dorf.
letzten endes doch wieder was touristisches, hat claire bei sich gedacht.

kapitel 7

claire hat sich neue schuhe gekauft, dazu hosen, pullover und eine wundervolle winterjacke. sie freut sich auf die neuen kleider und verschwindet gleich nach der rückkehr in ihr appartement. es ist inzwischen dunkel geworden, obwohl die kirchenuhr erst siebzehn uhr schlägt. es hat wieder zu schneien begonnen. am spiegel im bad kleben spickzettel mit handschriftlichen notizen, alles abgekürzt, damit nur ja kein aussenstehender auch nur irgendetwas aufschnappen und ableiten kann. sie kann es sich nicht verkneifen, auf die bewährte arbeitsmethode einer bekannten filmfigur zurückzugreifen. und so schnappt sie nach einem post-it und steckt es ein, als sie wieder reisefertig ist. ihr weg führt sie ins pfarramt, ein älteres graues haus mit steilem krüppelwalmdach.
nebenan ist ein automechaniker vor seinem haus mit der montage einer schneefräse an einem geländefahrzeug beschäftigt, stöhnt vernehmlich laut, sieht kurz auf, als claire stehen bleibt und in die dunkelheit grüsst. er fragt sie geradeheraus, ob er sie für die gefangennahme von alberts mörder mit einem fahrzeug unterstützen könne. claire lächelt, wundert sich darüber, schon erkannt zu werden, und dies trotz der dunkelheit. es entwickelt sich ein gespräch, doch claire versucht, von ihrer mission abzulenken, fragt recht interessiert nach den vielen fahrzeugen, die vor der werkstatt herumstehen.
»werden noch diese woche repariert«, meint der klein gewachsene rundliche mechaniker. »und das skidoo? ist

nicht gerade die rechte zeit für eine reparatur«, meint sie. der mechaniker nickt. »die schäden melden sich nicht, wenn die fahrzeuge nur herumstehen«, meint er. »sie sind genau dann kaputt, wenn man sie am notwendigsten braucht. aber das snowmobil kann nicht warten, es wird noch heute nacht eingesetzt. gehört dem gemeindesekretär«, bemerkt er. »ah, dem clemens?«, fragt claire. offenbar stolz darauf, schon einige leute namentlich zu kennen.
»wofür braucht ein gemeindeangestellter ein skidoo?«
»clemens ist leidenschaftlicher jäger«, erklärt er. »heute nacht startet wieder eine grossangelegte wildfütterung.«
»aha«, meint claire. »aber die wege in die wälder sind doch alle gesperrt.«
»im moment werden nur die futterstände in dorfnähe betreut, es wagt sich auch niemand ins gelände, selbst die jäger setzen die fütterungen weiter oben aus, warten auf eine entspannung, bevor sie die waldtiere weiter oben wieder versorgen können.«
»dann würde ich gern bei einer solchen fütterungsfahrt dabei sein«, schwärmt claire und gesteht dem mechaniker ihre liebe für snowmobile.

sie hat schon zweimal an dem altmodischen stab gezogen, im haus ist ein bimmeln hörbar, als auch schon die tür aufgeht. es ist der pfarrer, ein stattlicher vierziger, sehr schlank, schwarz gekleidet, bartlos, mit einer hohen stirn und dunklen augen, wirkt sehr elegant, fast vornehm, wie er sie empfängt. stumm macht er eine einladende geste und wirft die schwere tür hinter seiner besucherin zu.

»legen sie ab, ich hänge ihre jacke auf den bügel. gestatten sie, viktor o., ich bin der hilfspfarrer. bei seinem anruf hat korbinian, der alpinpolizist, sie schon angekündigt. und deshalb kommen sie nicht ungelegen. ich wollte mit ihnen ohnehin über unseren verstorbenen albert reden. wann wird sein leichnam freigegeben? wann können wir damit rechnen, ihn aufzubahren? sie müssen wissen, in diesem dorf werden die toten im eigenen haus aufgebahrt, ob saison ist oder nicht. albert hat zum glück nicht in einem haus gewohnt, das vermietet wird, er war einer der wenigen privilegierten, die ein privates haus besitzen, ohne vermieten zu müssen. davon gibt es nicht mehr viele.«
und dann, während er ihr die jacke abnimmt und auf einen kleiderbügel hängt, setzt er seine erläuterungen fort:
»wir gehen am besten in das studierzimmer, dort können wir rauchen.« claire wundert sich, dass er das rauchen erwähnt, besinnt sich aber, er hat den tascheninhalt ihrer jacke bereits identifiziert. sie folgt ihm in einen mittelgrossen, aber sehr niedrigen raum. durch den türdurchgang bückt sie sich instinktiv, weil sie fürchtet, sich den kopf anzuschlagen. das studierzimmer ist an zwei seiten mit bücherregalen verbaut, schön möbliert mit zwei bequemen ohrensesseln und mehreren ablagetischchen.an einem fenster steht ein grosser schreibtisch und daneben eine stehleuchte, die nach oben und unten strahlt. nordisches design, taxiert claire für sich, vermutlich dänisch. sie erkennt an den tischleuchten eine bekannte designerfirma. sehr elitär für ein pfarrhaus.
das telefon klingelt, der pfarrer nimmt sofort ab, bedeutet ihr, sich zu setzen, und geht hinaus, kommt aber nach

einer minute, noch immer telefonierend und in der hand eine schüssel haltend, zurück.
er hat kekse gebracht und kramt aus einer hosentasche eine packung zigaretten heraus, die er neben claire auf ein holzgestell legt.
das holzgestell hat sie erst jetzt entdeckt, schmunzelnd ist ihr klar geworden, dass es sich um einen betstuhl handelt, an dem eine person knieend beten kann. die kniebank ledergepolstert, die auflagebank für die hände in einer elegant hohlen ausformung gehobelt. darin liegen die zigaretten, einige sind aus der weichen packung gerutscht. mit der linken hand holt er ein feuerzeug aus der tasche und knipst es an, deutet mit dem kopf auf die betbank, sodass sie unmissverständlich aufgefordert ist, auch eine zigarette zu entnehmen und sich feuer geben zu lassen. dann beendet er das telefonat, legt das telefon beiseite und lässt sich in den freien sessel fallen. fast gleichzeitig hat er schon nach einer zigarette aus dem spenderbetgestell gefischt und einen ersten zug gemacht, als sein körper geräuschvoll im sessel landet.
»also, meine liebe, wann werden wir den albert wieder im dorf haben, um ihn zu verabschieden? die leute werden schon ungeduldig und rufen mich an. es ist für uns alle unangenehm, nichts zu wissen und nichts zu hören. dazu kommt noch diese talsperre.« nach einer kunstpause fragt er: »wie sind sie denn ins tal hereingekommen? es ist ja alles zu, es gibt auch keine umfahrung. sind sie etwa mit einem heli eingeflogen worden?« die polizistin nickt und erzählt ihm in kurzen worten den verlauf der letzten

ereignisse. sie wohne im bergschlosshotel, ergänzt sie auch, während er anerkennend nickt.
er sei nach rom beordert worden, hört sie ihn berichten, hat in der zwischenzeit ihren notizblock gezückt und macht kleine ringe auf einem leeren blatt, untereinander, wie für ein verzeichnis gedacht, so als würden nacheinander die offenen fragen wie auf einer schnur gefädelt vom pfarrer beantwortet werden.
»sie wissen doch, man bastelt an der eigenen karriere. es ist alles sehr schnell und fast überstürzt zugegangen, der päpstliche nuntius weilte in der hauptstadt und ich, der dorfpfarrer aus dem hintersten dorf im tal, bin aufgefordert worden, mich vorzustellen.«
kurz vor der wegen der drohenden lawinengefahr verhängten talsperre sei er dann wieder zurück gewesen, die reise habe damit nur vier tage gedauert.
»und dann die meldung, albert ist in der lawine umgekommen.«
claire glaubt tatsächlich für einen moment, eine träne im gesicht des pfarrers zu bemerken. er spricht leise und ist offensichtlich gerührt, als hätte er albert, den mesner, der schon sein halbes leben hier in der kirche gedient hat, gern gemocht. und nicht genug, es scheint ihr, als trauerte er tief, fast so, wie ein sohn um seinen vater trauert. wie lang er hier schon als pfarrer eingesetzt sei, fragt sie.
der pfarrer denkt kurz nach, hebt den kopf, als würde er das leben revue passieren lassen und in einem film nachlesen. »seit letztem frühjahr«, antwortet er dann. »den ortspfarrer habe ich zwei wochen nach meinem amtsan-

tritt tot an der sakristeitür gefunden. wir haben ihn im haus aufgebahrt.«
»und woran ist er gestorben?«, fragt claire. der priester zuckt die achseln.
»altersschwäche, herzinfarkt, so was von der art«, bemerkt er beiläufig. claire fragt ihn nach einigen telefonnummern. er vergleicht die nummern mit namen in seinem telefonverzeichnis, gibt einen kurzen laut, wenn es ein treffer ist, und schüttelt den kopf, etwa bei der ausländischen handynummer. die glocke im gang ertönt wieder.
»ich bekomme noch besuch«, deutet er auf die tür.
»nehmen sie eine zigarette, ich werde später lüften. falls es ein paar minuten dauert, ich habe hier einen kleinen gedichtband. es sind verse eines jungen einheimischen autors, ein dichter aus dem dorf, er hat mir den druckfrischen band geschenkt. schliesslich möchte ich ihnen nicht die schwere literatur der bibel zumuten, nur weil sie grad in einem pfarrhaus sind«, setzt er verschmitzt fort und geht nach draussen.
ein interessanter mann, denkt sie, und hat sogar sinn für humor! claire steht auf, sieht sich in den regalen um, liest einige buchtitel der in reih und glied stehenden bücher, nimmt eine weitere zigarette vom betbrett und fingert nach einem feuerzeug. sie schielt nach dem schreibtisch, wo sie ein feuerzeug erblickt und behende anknipst. der rauch senkt sich in dem niedrigen raum, die schwaden legen sich auf die lichtkegel. bei der suche nach einem frischen aschenbecher entdeckt sie drei gläserne, zierlich kleine, die alle als briefbeschwerer auf akten liegen oder

auf einer ansammlung von zetteln, langt nach dem ersten erreichbaren und stutzt.
n o m a, hat sie kurz auf dem darunterliegenden zettel überflogen. fieberhaft denkt sie nach, wo sie diesen namen schon gehört hat, und dann, bei einem zweiten intensiven blick, ist es plötzlich da, das wort verbindet sie sogar mit dem namenszug, und ein drittes mal ansetzend glaubt sie ihren augen nicht, als tatsächlich das logo von noma dänemark zu lesen ist. ein zahlungsbeleg offensichtlich, und unmissverständlich einer aus dänemark. das ausstellungsdatum von letzter woche! ihr interesse ist geweckt: was führt einen pfarrer in das weltbeste restaurant? im geist geht sie einen artikel in einer hochglanzzeitschrift durch, den sie erst heute in der hotelhalle überflogen hat. fakten zum eigentümer und starkoch rené redzepi waren da zu lesen gewesen. das muss sie sich näher anschauen: der zettel stellt sich als beleg heraus, datiert mit dem datum von vor einer woche, in diesem jahr, in diesem monat. sie nimmt den beleg, steckt ihn ein und stellt einen zweiten gläsernen aschenbecher drauf, der einen anderen stapel beschwert hat. fieberhaft denkt sie nach, wundert sich sehr über das datum, das zwei tage vor der talsperre anzeigt.
der pfarrer hat ja noch angemerkt, er sei in rom gewesen, mit dem nachtzug. das passt also nicht ganz, da ist etwas aus den fugen geraten, und sie würde deshalb noch intensiv nachfragen müssen, obwohl sie heute nichts davon sagen würde, dass sie den beleg eingesteckt hat, denkt sie. sicher ist, dass auch die jahreszahl stimmt, daran ist

nicht zu rütteln. dann kann es ja auch sein, dass der beleg, warum auch immer, zufällig oder nicht ganz zufällig in die hände des pfarrers geraten ist. der pfarrer ist draussen zu hören, verabschiedet sich eben und kommt wieder in die verrauchte studierstube.

»ich werde kurz lüften, wenn sie gestatten«, tritt ans fenster und lässt den qualm entweichen.

»sie werden verstehen, dass ich ihre aussagen überprüfen muss«, meint claire. der pfarrer nickt, wirkt etwas abwesend, sitzt schon wieder und steckt sich eine weitere zigarette an. »es ist ein laster, ich weiss. meistens habe ich es im griff, aber seit dem tod vom albert ist die sucht fürchterlich. wie geht es ihnen mit diesem laster? so drei bis fünf am tag? nicht der rede wert«, winkt er ab, wartet ihre antwort darauf aber auch nicht ab. »aber passen sie auf, dass es sich nicht steigert. und was meine reise betrifft, alle meine angaben sind höchst vertraulich.« er beugt sich etwas vor, um den worten mehr bedeutung zu geben.

»dem nuntius habe ich ausdrücklich versprochen, niemandem über unser gespräch im detail zu erzählen. nur so viel, es handelt sich um meine eigene karriere, es geht um eine heikle mission, die ich begleiten soll, die sich auch über jahre hinziehen könnte. es wäre möglich, schon im nächsten monat dem ruf des höchsten stellvertreters folgen zu müssen.«

claire wagt nicht weiterzufragen. sie steht auf, weil sie das gefühl hat, dass für heute alles gesagt ist, aber mit dem unguten gefühl, dass hier etwas ganz und gar nicht stimmt.

bei der garderobe ist ihr noch eingefallen, sie könne dem pfarrer ein kompliment zur wahl und zusammenstellung der einrichtung machen, schätze doch auch sie das dänische design sehr. »fahren sie auch selbst nach kopenhagen, um die designerstücke auszuwählen?«, war claires frage. »das erwirbt man inzwischen auch bei uns, in der landeshauptstadt gibt es einen guten laden, ich kann ihnen gelegentlich auch die adresse mailen. nehmen sie den gedichtband mit.« er langt zum schreibtisch, ergreift das schwarze büchlein und drückt es ihr in die hand.
und dann ist sie draussen, noch bevor sie ihre karte abgegeben hat. in stockdunkler nacht stapft sie zurück über die fussgängerzone in den ort hinein und biegt noch einmal ab zu einem dezent beleuchteten lokal am dorfrand vor ihrem gang hinauf in richtung bergschlosshotel.

kapitel 8

bereits seit sechs uhr wird in den nachrichten angekündigt, dass die talsperre im laufe des morgigen vormittags aufgehoben wird. im fernsehen hat man den konvoi der wartenden journalisten und tv-stationen mit ihren übertragungswägen gesehen. am talanfang postiert, haben sie seit tagen darauf gewartet, dass ein schreckliches ereignis, ein gewaltiger lawinenabgang eintreten würde. und um sicherzugehen, unter den ersten zu sein, wenn tatsächlich etwas passiert, haben sie ausgeharrt. aber ein derart schreckliches grossereignis ist ausgeblieben. es hat zwar grosse mengen an neuschnee gegeben, aber der schnee hat sich offensichtlich verfestigen können, bevor die starken winde aufgekommen sind. so sind die grösseren windverfrachtungen ausgeblieben, die wechten an den graten stabil. die eine oder andere lawine ist nass abgerutscht oder auch »im staub«, meist in seitentälern, aber nie bis zur talstrasse reichend. die lawinengefahr wurde deutlich herabgestuft. so packen sie ihre übertragungswägen, ziehen die antennen ein und fahren zum nächsten grossereignis, dem treffen der aussenminister in kopenhagen.
die lawinenkommissionen in den dörfern des tales atmen auf, man hat die talstrasse wieder für den verkehr freigegeben; urlauberschichtwechsel mit einigen tagen verspätung. manche gäste haben gepokert und sind schon tags zuvor angereist, mussten in landeck zwischenstation machen, sind nun aber ungehindert ins tal hereingekom-

men. der grosse teil der gäste wird für das kommende wochenende erwartet. bis dahin bleiben einige betten leer. zwar werden täglich weiterhin die schneeaufbauten untersucht, aber die morgendlichen zusammenkünfte der kommission um fünf uhr dreissig sind nun geschichte.
claire hat ausgiebig und herrlich in der eleganten suite geschlafen, am kiosk in der fussgängerzone nachschub an zigaretten gekauft und trifft wieder auf den alpinpolizisten korbinian.
»das tal ist wieder offen, ich fahr mit dem bus raus«, erzählt sie. »dann viel freude in landeck. übrigens: heute wird der leichnam überführt, das habe ich vom beerdigungsinstitut in landeck telefonisch erfahren«, sagt korbinian.
»ich werde bis zum abend zurück sein. um sieben beginnt der rosenkranz?« claire hat den ring an seiner halskette aus gold am hals wiederentdeckt, stutzt kurz: ist es nicht der gleiche ring, den sie aus der porzellanschüssel am tisch von alberts schreibplatz eingesteckt hat?

claire hat in landeck zu tun, muss sich vorab natürlich am polizeikommando zurückmelden. könnte ja sein, dass sie entweder unterstützung bekommt oder dass der chef persönlich den fall übernimmt. für diese entscheidung hat sie sich vorgenommen, abends noch zum rosenkranz ins dorf zu fahren, der pietät wegen, oder einfach, weil sie es dem korbinian schuldet.
sie wird mit ihrem privaten pkw fahren, hat ja auch das zimmer, ihre suite, noch nicht geräumt. der ring geht ihr nicht aus dem kopf. warum ist auch albert im besitz

eines ringes wie ihn korbinian trägt? korbinian hat doch, obschon beiläufig, von einem geschenk einer ungarischen bekannten gesprochen.

wenigstens hat sie die ungarische telefonnummer gestern nacht noch herausgefunden, als sie nach ihrem widumsbesuch am dorfrand das table dance ensemble besucht hat. der türsteher wollte sie erst nicht einlassen, weil sie als frau ohne männliche begleitung erschien. sie hat angegeben, sie arbeite im dorf und besuche eine kollegin, hat einfach schnell einen frauennamen auf tschechisch angegeben und das hat ihr dann die tür geöffnet.
kurz hat sie an die möglichkeit gedacht, ihren dienstausweis zu zeigen,
nach der art der krimis im fernsehen, aber das wagt sie dann doch nicht, weil der türsteher postwendend auf einen richterlichen durchsuchungsbeschluss bestanden hätte. eine dame aus dem etablissement, der sie die telefonnummer gezeigt hat, stellt sich als kollegin heraus. ja, die ilona sei vor einigen tagen entlassen worden, ganz überraschend sei sie auch sofort abgereist, noch am selben abend, habe nicht einmal ihre garderobe mitgenommen. der geschäftsführer habe behauptet, sie habe geld abgezweigt und ihn erpresst. das könne sie gar nicht glauben, das sei bei dieser ausstattung der baranlage gar nicht möglich. selbst wenn sie einige getränke mit hilfe von komplizen aus den reihen der kellnerinnen nicht boniert, würde noch kein geldschein da herauswachsen, das sei im system nicht möglich. und ja, es gebe einen mann, den

ilona nicht ungern gesehen habe, es sei der alpinpolizist im ort und dieser sei schon ein- oder zweimal abends hier gewesen, nach dienstschluss. was claire sofort einen stich versetzt hat.

zurück in landeck, empfängt max, der arbeitskollege, claire in der teeküche des postenkommandos und berichtet ihr, dass der chef auf therapie sei, länger als bisher angekündigt. »und was die professionelle unterstützung angeht, da muss ich dich leider enttäuschen. wir haben niemanden frei. das musst du jetzt ganz allein durchstehen.« augenzwinkernd ergänzt er: »natürlich werde ich dir zur seite stehen, ausserdem: wir haben zur ungarischen telefonnummer bereits einen namen. eine dame, die aus dem gebiet um den balaton, also vom plattensee stammt, dort aber im moment nicht aufzufinden ist. es wurde uns erklärt, sie arbeite im ausland, schon die zweite saison im dorf, aber sie ist bei uns nicht angemeldet, also arbeitet sie illegal. kannst du das recherchieren?« »hab ich schon«, bemerkt claire listig. »gestern abend nach dem besuch beim pfarrer hab ich mich noch im table-dance-lokal umgehört. war recht interessant.«
claire lächelt, was max nicht verborgen bleibt. »was macht dich so fröhlich?«
»der pfarrer hat mir einen gedichtband mitgegeben, den ein einheimischer veröffentlicht hat. wollte das buch wahrscheinlich auf elegante art entsorgen, weil er es mir mitgeben wollte. dabei hat er mir versehentlich ein anderes büchlein in die hand gedrückt. handschriftlicher text,

kurrentschrift. stammt von seinem vorgänger. ich kann damit aber nichts anfangen.«
von ihrer entdeckung des zahlungsbeleges im noma hat sie max nichts gesagt, darüber wollte sie noch weiter nachdenken. »ich habe beobachtet, dass einige leute im dorf sehr nervös werden, wenn ich auftauche«, meint sie zu max, damit er nicht noch weiter nachfragt, neugierig, wie er ja ist.
dann aber denkt sie an all die aufgaben, die sie noch zu erledigen hat: beim juwelier wink, beim notar neuplatt. der kollege steckt ihr die richterliche verfügung zu, die er vorab organisiert hat, und schon ist sie wieder draussen.

die fahrt ins tal in der dämmerung auf der schneefahrbahn geht nur schleppend voran. vor ihr eine kolonne von pkws und auch lkws. die ortsdurchfahrten sind ein geduldspiel. überall auch leute, die noch mit der schneeräumung beschäftigt sind, mit kleinen oder grösseren geräten. manchmal werden die schneemassen einfach in die strasse gekippt, in der hoffnung, der räumdienst würde schon alles mitnehmen.
die stimmung ist besser, jeder ist froh, endlich wieder ungehindert aus- und einfahren zu können, die verbindung zur welt ist wieder hergestellt. um sieben uhr abends, froh, endlich einen parkplatz gefunden zu haben, stellt sie den wagen in einer lücke zwischen schneebergen ab.
der rosenkranz hat schon begonnen. ein vorbeter kniet ganz vorne am sarg und hält einen rosenkranz in den fingern. ein vaterunser und zehn gegrüsstseistdumaria,

immer wiederholend, immer mit verändertem tonfall. die leute stehen dicht, in einer langen schlange, auch noch vor der haustür im freien, den ganzen gang entlang, die stiege hinauf in den ersten stock und dann in der guten stube.
am ende des rosenkranzes muss man hin zum sarg, weihwasser spritzend verabschiedet man sich, eine hand in den wasserkessel tauchend und sich bekreuzigend. clemens, der neffe, steht ganz vorne, nickt bei jedem, der sich am sarg verabschiedet und sagt zu jedem halblaut »vergelt's gott«. er hat die stube am nachmittag zusammen mit korbinian hergerichtet. sie haben hohe kerzenleuchter aus der kirche entliehen und aufgestellt, mit dicken, brennenden wachskerzen bestückt stehen sie um den sarg.
ein gerahmtes bild mit dem porträt von albert steht am sarg, ein bouquet mit blumen ist auf dem hellen sarg aus zirbenholz drapiert, auf der schleife die namen von clemens mit familie, daneben ein gerahmtes kleines portrait von albert, gemalt von korbinian. claire bedeutet korbinian, draussen auf ihn zu warten.
es sind nur noch wenige leute da, dann taucht er im türrahmen auf. claire hat vor ihrem auto im schnee gewartet. er zieht die tür hinter sich zu, zeigt mit dem kopf in die richtung des weges, den sie zu fuss gehen. er ist schweigsam, noch ergriffen von dem ritus des rosenkranzes und als würde er ständig ein geheimnis mit sich herumtragen.
»ist clemens der einzige nachkomme von albert? es scheint, als seid ihr brüder, clemens und du.«
korbinian lacht verlegen. »nein«, sagt er. »auch wenn's so aussieht, wir sind, nein, wir waren mal die besten freunde,

als jugendliche«, ergänzt er. nach einer längeren pause: »ich bin vollwaise, meine jüngeren geschwister sind in heimen untergekommen nach dem tragischen tod meiner eltern. ich hab glück gehabt, weil ich gerade eine buchdruckerlehre begonnen habe, deshalb durfte ich auch weiterhin im elternhaus wohnen. der albert hat mich damals unter seine fittiche genommen, als freund der familie, mir abends essen gebracht.
dabei haben wir uns angefreundet. er war es auch, der mir das holzschnitzen beigebracht hat. ich hab den albert sehr verehrt. und sein neffe clemens, der heutige gemeindesekretär, ist der sohn der bereits verstorbenen schwester vom mesner albert und seinem zwillingsbruder, dem alten pfarrer. das war mein freund, seit ich denken kann. clemens und ich haben als buben ziemlich viel angestellt. clemens war der draufgänger, ich war eher immer in seinem windschatten.«
»und heute?«, fragt sie korbinian.
»heute haben wir uns wieder getroffen, nach längerer zeit!«, sagt korbinian und meint damit clemens.
»wir hatten in den letzten jahren nicht mehr viel kontakt. clemens hat sich ziemlich emporgearbeitet im gemeindeamt. er ist sehr ehrgeizig. seine freunde von früher hat er dabei links liegengelassen und sich neue bekannte gesucht. netzwerken nennt man das. hat inzwischen auch ein neues haus gebaut, ziemlich feudal, hab ich gehört. ist jäger und gründer des golfclubs im ort. hat eine tochter unseres vordenkers geheiratet.«
»vom herzadlerwirt?«, wirft claire ein.

»nein, nein. es gibt im dorf einen hotelier, der mehrere fünfsternehotels auf der welt besitzt, ist kaum hier, ständig auf achse. eine ganz noble familie mit vielen projekten im kopf, ich erzähl dir nächstens von ihm.«
korbinian hat einen dunklen seitenweg eingeschlagen, der in einen wald hineinführt. »willst du mit mir eine nächtliche wanderung machen?«, fragt claire, die lieber in einem gemütlichen lokal gesessen wäre. hat inzwischen auch herausgefunden, dass der naturbursche korbinian sich lieber im freien aufhält und weniger gern in bars und lokalen. korbinian hat aus einer tasche zwei stirnlampen gezaubert und hält sie vorerst in der hand. leuchtet hin und wieder den weg damit ab. die jacke offen wie üblich, darunter nur ein hemd.
claire hat sich untergehakt, hängt an seinem arm und beobachtet ihn von der seite. »der ring an deinem hals, woher hast du ihn?«, fragt sie etwas neckisch.
»danach fragst du schon zum zweiten mal«, bemerkt er.
»ich hab im haus deines patenonkels albert den gleichen ring in der porzellanschüssel am tisch gesehen.«
korbinian, erstaunt über die beobachtungsgabe der jungen polizeibeamtin, sagt: »ich hab trotz meiner geschulten aufmerksamkeit keinen zweiten ring am tisch von alberts arbeitsplatz gesehen. und du bist ganz sicher, du hast ein gleiches stück dort gefunden? das hätte ja bedeutet, dass albert ilona gekannt hat?!«
»der ring hier ist ein geschenk, ja, ein geschenk von ilona, der tänzerin, die im table dance-lokal im ort arbeitet. ungarin eben. ich habe sie heuer kennengelernt, sie

aber seit etwa zwei, drei wochen nicht mehr gesehen. ist abgehauen, durchgebrannt. hat sich anscheinend geld geliehen, wie der geschäftsführer erzählt, vom big boss angeblich.« korbinian macht eine schnelle drehbewegung mit der linken hand, claire hat verstanden, nickt.
»und weisst du, wer der big boss ist?« »ja, das hab ich auch schon herausgefunden, dass der mann hier alle fäden zieht«, meint sie.
»was den ring bei meinem patenonkel angeht, den hab ich nicht mal registriert, geschweige denn näher angeschaut. kannst du dir erklären, warum dies der geiche ring sein sollte?« korbinian ist sichtlich neugierig geworden.
claire kramt in der tasche und holt einen ring hervor, hält ihn an den hals von korbinian, nicht ohne doch leicht zu erröten, das ist selbst beim schwachen schein der stirnlampe für korbinian erkennbar.
dann hält sie ihm das stück hin. »hier, nimm es zurück, es gehört albert. innen ist eine jahreszahl eingraviert: 1975, dann ein A und noch ein buchstabe, der ein C sein könnte. schau selber nach, ob du vielleicht das gegenstück dazu trägst.«
und auch wenn der ring an korbinians hals die gleiche gravur aufweist, es würde sie keinen millimeter in ihren ermittlungen weiterbringen, damit hat sie aber auch etwas verraten, nämlich dass sie sich in den korbinian verschaut hat. jedenfalls hat er es auch gemerkt, hat sich dabei gedacht, dass ihm diese geschichte nicht so unangenehm ist, weil auch er sich umgekehrt ein stück weit in claire verliebt hat.

die geschichte mit den leeren papierblättern hat sie nicht erwähnt, das hat sie noch verschweigen wollen: in alberts haus ist ihr der ring in der porzellanschale aufgefallen, wie ihn auch korbinian am hals trägt. in einem anflug von misstrauen, vielleicht auch schon eifersucht – korbinian hat ihr beim gemeinsamen besuch dort auf ihre frage hin erklärt, dass sein ring ein geschenk einer bekannten ist – hat sie das stück dann einfach eingesteckt, ohne noch nach weiteren details zu fragen.
dann lag da noch ein stapel leerer blätter, die obersten mit aufgebogenen rändern. claire war sich sicher, dass die leeren seiten als schreibunterlage gedient haben mussten, hielt die bögen ins licht. ganz vorsichtig hat sie einen kleinen stapel in einem unbeobachteten moment zusammengerollt und mitgenommen. im appartement hat sie wie in der schulzeit mit einer bleistiftmine über die bögen schraffiert. zum vorschein gekommen ist die schönschrift eines briefes, offenbar verfasst von albert. zwei seiten hat sie auf diese art gewonnen, das dritte blatt war wahrscheinlich mehrfach verwendet worden, allerdings unleserlich. jedenfalls hatte claire genug text, um die schrift zu entziffern und den inhalt verstehen zu können. es hat sie beinah umgehauen, als der erhoffte erfolg sichtbar geworden ist: zwei halbwegs leserliche handgeschriebene seiten. ein handschriftlicher brief, den offenbar albert noch vor seinem tod verfasst hat.
der inhalt hat es in sich, ein photo davon hat sie gleich an ihren kollegen max nach landeck gemailt. ‚schau nach, ob das bei einem der notare gelandet ist', hat sie geschrieben.

‚möglicherweise liegt da schon was im zentralen testamentsregister.‘
und dann kam von max die rückmeldung, ein ortsansässiger notar habe eine handschriftliche eingabe erhalten, wird jedoch eine weitere auskunft von einer richterlichen verfügung abhängig machen müssen.
auch wenn sie der inhalt des briefes gehörig erschreckt hat, erlaubt er keine voreiligen rückschlüsse. würde die ermittlungsarbeit in der dienststelle stattfinden, stünde ihr ein team mit erfahrenen kollegen zur verfügung, die man zu rate ziehen konnte. aber hier ist sie allein auf weiter flur, zudem eingesperrt in einem dorf mit einsilbigen bewohnern und tausenden von urlaubsgästen.

kapitel 9

der ältere mann mit runder hornbrille und dicken gläsern blickt auf kopien, die claire mitgebracht hat, und abwechselnd auf einen handgeschriebenen, dreiseitigen brief, den er mit der linken hand festhält. notar doktor neuplatt sitzt claire gegenüber in seinem riesigen hochlehnerdrehstuhl und legt dauernd die dicke hornbrille auf die schreibtischplatte und setzt sie zurück auf seine nase. anfänglich ist sie irritiert über diese wohl unbewusst ausgeübte manier, aber sie gewöhnt sich langsam daran, innerlich schmunzelnd über diesen tick. der mann hat ein grosses, freundliches vatergesicht, wirkt äusserst sympatisch. die kanzlei ist alles andere als gewöhnlich: beim zugang ins gebäude, einem ehemaligen postgebäude vom ende des neunzehnten jahrhunderts, ahnt man noch nicht, welch wunderbare architekturgestaltung sich in den innenräumen fortsetzt. empfangen in einem riesigen raum grenzt ein unheimlich langer tresen die arbeitsplätze der sekretärinnen ab. eine hochmoderne stiege führt in die nächste etage. die türen zu einem grossen und einem kleinen besprechungsraum stehen halb offen, claire erhascht noch einen schnellen blick. an den wänden hängen bilder, sorgfältig ausgewählt, geradezu inszeniert. sie wundert sich über so viel kunstsinn und liebe zur gestaltung im detail. »ist ein werk meiner tochter«, bemerkt er auf ihre staunenden blicke hin, als er sie aus dem wartebereich abholt, eilt ihr voran in sein eigenes büro. er nimmt sich sehr viel zeit, um ihr umständlich zu

erklären, dass albert bereits vor jahren eine testamentsniederschrift verfassen liess und das schriftstück dazu im zentralen testamentsregister deponiert ist.
»vor etwa sieben tagen ist ein brief im postfach des postamtes gelegen, ausreichend frankiert.« er wedelt mit dem kuvert in der luft – »ja, das ist ein weiterer entwurf für eine testamentserklärung, eine ältere version liegt seit etwa drei jahren schon bei uns. ihre kopien stimmen übrigens mit den ersten beiden seiten seines schreibens überein«, nickt er anerkennend und sieht über den rand der brille, »auch wenn ich über die art ihrer technik schmunzeln muss, mit der sie ihre beweisaufnahmen sammeln.«
claire lächelt zurück. der notar setzt die brille auf. »wir haben fast alle seiten im original und nur eine seite als schwarzweisskopie erhalten. deutet darauf hin, dass er sich ein wenig verhaspelt hat.«
»solche schriftstücke werden abgelegt, bis sich der verfasser für weitere besprechungen meldet und die erklärung dann vor drei zeugen unterschreibt. dass dies manchmal wochen, aber auch monate dauert, ist keine seltenheit, wir sind nicht zur eile verpflichtet. das ist auch so mit dem brief des mesners albert, in dem er anführt, nunmehr einen eigenen leiblichen sohn anzuerkennen. er hat in dem brief auch angekündigt, zwei beweisstücke für die rechtmässige anerkennung in das notariatsbüro mitzubringen. zum einen einen ring, in dem die initialen und ein datum eingraviert sind, zum anderen einen brief aus ungarn von der mutter seines sohnes, den eine gewisse frau ilona ihm schon zur kenntnis gebracht hat. das ori-

ginal will er auch demnächst übergeben.« er sucht eine stelle im schreiben von albert und liest daraus vor:
»und damit auch für den fall eines zwischenzeitlichen ablebens die dinge ein für alle mal geregelt sind, werde ich mit diesem schreiben auch mein vermächtnis neu regeln.«
was folgt, sind auflistungen von immobilien für den leiblichen sohn, den neffen clemens, für korbinian und auch für die diözese der kirche in der landeshauptstadt innsbruck, aber das überfliegt der herr notar mit seinem brillentick und dem kommentar: »und so und so weiter.«
bis dahin ist claire auch selber schon gekommen! wer aber ist nun dieser ominöse leibliche sohn? das hat sie bislang aus den beiden briefbögen nicht herausgefunden. aber nun, wo das original alles offenbaren wird, kommt endlich zum vorschein, wer der wiederentdeckte sohn ist, und darauf ist sie äusserst gepannt! würde man ihn auch finden? wird es eine langwierige suche geben oder steht in diesem vermächtnis schon der name? und wie wird clemens, wie wird korbinian darauf reagieren? dass ein ring als beweismittel im spiel ist, kann nur damit zusammenhängen, dass es sich um den ring in der porzellanschüssel und um den ring an korbinians hals handelt.
volltreffer, jubelt sie insgeheim. hat sie doch schon wieder den richtigen »riecher« gehabt. welche rolle frau ilona spielt, die im schreiben von albert aufscheint, ist noch nicht klar. dass es sich dabei um die ungarische tänzerin handelt, ist aber zweifelsfrei.
albert jedenfalls hat mit diesem schreiben vor seinem tod ganze arbeit geleistet, vielleicht in einer letzten vorah-

nung. würde jetzt, nach all den ereignissen, eine vorauseilende testamentsänderung noch wirksam werden, wo der urheber doch schon tot ist? das ist eine weitere frage, die ihr durch den kopf geht.
»ich werde sie nicht weiter nach den rechtlichen auswirkungen fragen, herr doktor, das schiene mir unangebracht, wenn ich sie zu lange in anspruch nehme«, schielt sie auf ihre armbanduhr. »aber, herr doktor, sie werden verstehen, dass ich brennend daran interessiert bin zu erfahren, wer nun der leibliche sohn von albert ist und wie diese doch späte erkenntnis nun zustandekam.«
in der aufregung ist sie aufgestanden. der doktor in seinem riesigen stuhl sieht überrascht auf. »setzen sie sich doch wieder, ich habe ihnen ja noch nicht alles vorgelesen. das müssen wir schon zu ende besprechen! auch ich bin immer wieder überrascht, welche wendung das leben, oder sollen wir sagen der tod, manchmal nimmt. zuwächse von familienmitgliedern kommen schon öfters vor.« er schmunzelt, die brille wandert.
»also, frau klara, bitte setzen sie sich noch einmal hin wie eine gute schülerin und ich lese weiter vor. lassen sie mich nicht vergessen, ihnen auch meine privaten gedanken, ja vielmehr einige für sie beruflich interessanten überlegungen mitzugeben. im übrigen, ich werde das schriftstück der richterlichen verfügung hierbehalten und zu den akten legen.«
es ist still im raum, doktor neuplatt lässt sich sehr viel zeit mit der enthüllung des namens des »neuen« sohnes von albert. claire ist leicht irritiert, weil sie sich ja nicht mit

»klara« vorgestellt hat, und rutscht ungeduldig auf ihrem stuhl hin und her. er sucht offenbar im brief die stelle mit dem namen.
»ah ja.« wieder stille. dann:
»ah, hier:
im sommer 1975 war ich als jungscharführer mit einer gruppe jugendlicher am plattensee, eingeteilt für drei monate. dort habe ich eine junge ungarische frau aus siófok kennen und auch lieben gelernt, die mutter einer einjährigen tochter.
die verbindung war nach den drei monaten in ungarn durch die abreise beendet. es gab noch gelegentlichen briefwechsel, hörte aber im frühjahr des nächsten jahres abrupt auf. ich habe nie mehr etwas gehört, es war ja der plattensee damals auch noch hinter dem eisernen vorhang. bis unlängst eine frau im dorf auftauchte und beweise für die vaterschaft nicht ohne nachdruck vorgelegt hat. ich möchte, wenn publik wird, dass v. mein sohn ist, die dinge bereits geregelt wissen. das ist wichtig für meinen seelenfrieden und für clemens, meinen gierigen neffen. und das ist wichtig für v. selber, der von all seinem glück noch nicht einmal weiss. und das ist wichtig für die leute im dorf, die sich darüber das maul zerreissen werden. damit anerkenne ich viktor o., den hilfspfarrer ungarischer abstammung, seit letztem jahr in unserem dorf tätig, geboren am – es folgen die daten – als meinen rechtmässigen ausserehelichen ersten und einzigen sohn an.« paukenschlag: das ist eine enthüllung! sie spürt ihren puls in der aufregung.

doktor neuplatt hat den brief beiseitegelegt, mehrfach die hornbrille ab- und wieder aufgesetzt, räuspert sich kurz, bevor er wieder ansetzt:
»die personalien haben wir inzwischen überprüft, wir haben auch in der zwischenzeit einiges über frau ilona herausgefunden. sie müssen wissen, dass wir verpflichtet sind, alle angaben zu prüfen, nach erben zu suchen und zu identifizieren. reine detektivarbeit, die wir dabei leisten. manchmal dauert es jahre, meistens geht es schneller. aber zu diesem testament ist doch zu sagen: wenn auch der herr albert inzwischen tot ist, die briefliche ankündigung der letzten verfügung wird von uns anerkannt, auch wenn er nicht in der lage gewesen ist, die unterschrift vor zeugen zu leisten. es spricht nichts dafür, dass hier etwas falsch gelaufen ist an diesem vorgehen. selbst die marken am kuvert bekunden eine ernsthafte absicht, hat er doch alles ausreichend frankiert, es spricht auch dafür, dass dies von albert eigenhändig ausgeführt worden ist. es sei denn, sie bringen mir beweise, dass es gänzlich anders gelaufen ist. nur eines macht nachdenklich, nämlich die passage mit dem hinweis, frau ilona habe mit ‚nachdruck' beweise für die echtheit der vaterschaft vorgelegt. ich überlasse es ihnen, festzustellen, wer diese frau ilona wirklich ist und welche beweise sie vorgelegt hat. ich darf ihnen meine recherchen ohnehin nicht zur verfügung stellen, sie sind für sie und ihre weitere arbeit aber auch nicht sehr wertvoll. ich denke, sie haben da mehr gespür und ganz andere möglichkeiten.doch scheint mir, motiv für diese späte enthüllung kann nur geld sein. wenn meine

erfahrung mich nicht täuscht, ist dabei auch erpressung im spiel.«
claire rutscht aus ihrem sessel, klappt ihr notizbuch zu, steht vor dem schreibtisch, kurz davor, den herrn notar für seine theatralischen darbietungen zu würgen.
»der sohn ist ...«, stammelt sie.
»es ist pfarrer viktor«, ergänzt neuplatt.
»ein pfarrer kommt nicht oft vor.« schüttelt den kopf und verabschiedet sie mit einem kräftigen händedruck.

der pfarrer viktor als sohn von albert! und er weiss von seinem glück noch nichts? hat also bislang keinen vater und auch nie nach seinem erzeuger gesucht? welche rolle spielt dann ilona, die ungarin?

am weg ins dorf entlang der talstrasse fällt ihr auf, wie hässlich viele häuser sind.
meist pensionen, immer wieder auf- und um- und dazugebaut, in allen geschmacksrichtungen. dann eine grosse neue schule, ein wunderbares, modernes gebäude, ganz geschickt in die landschaft gestellt. und als müsste die tradition der scheusslichkeit fortgesetzt werden, hat man vor dieses schöne haus wiederum eine scheusslichkeit von einer neuen volksschule, einen pilzähnlichen bau hingestellt. der urheber der schönen mittelschule, lebte er noch, hätte sicher heftigst protestiert.
auch als sie schon längst daran vorbeigefahren ist, schüttelt sie den kopf über so viel geschmacklosigkeit. »alles fassade«, dieser spruch erinnert sie wieder an ihren

kunstgeschichteunterricht. und so, denkt sie, ist es auch im dorf: lauter stumme zeugen mit finsteren mienen, und einer von ihnen ist der giftige pilz, der täter.

kapitel 10

claire wacht auf und hat eine wut im bauch. einerseits auf sich selbst, weil sie glaubt, nicht stark und entschlossen genug aufzutreten bei ihren recherchen, und andererseits, weil sie allein auf sich gestellt ist in diesem inzwischen recht komplizierten fall. sie hat dabei etwas angezettelt, ohne die tragweite ihrer entscheidung zu kennen: hätte sie den leichnam von albert freigegeben, wäre die bestattung schon längst erfolgt. und es würde ihr kein eisiger wind entgegenwehen, den sie immer öfter spürt, wenn sie an den leuten vorbei durch die dorfmitte geht. es sind feindselige blicke, wie ihr scheint, auch getuschel, verstohlene gebärden hinter ihrem rücken. schliesslich hat der patensohn den mesner aus den schneemassen gegraben. er als polizist hätte doch selber schon bemerken können, dass da etwas nicht stimmt. aber vielleicht hat er das auch erkannt und wollte nicht an den dingen rühren. vielleicht hat er auch geheimnisse, die er lieber für sich behält, womöglich hat er doch etwas entdeckt an der fundstelle, das er verschwinden hat lassen. es ist ja bisher nur das telefon des verschütteten albert im auto des bürgermeisters gefunden worden, durch zufall, von ihr selber.

auch muss sie sich eingestehen, sich in den alpinpolizisten verknallt zu haben, und das über beide ohren! also, das geht schon gar nicht! wenn das rauskommt, muss sie mit einer disziplinarstrafe rechnen, vielleicht schickt man sie auch an die ungarische grenze zum grenzdienst.

ganz offensichtlich hat sie es im dorf mit lügen zu tun, die aufgedeckt werden müssen, zum anderen gibt es aber keine weiteren konkreten hinweise für eine straftat.

zwei angelegenheiten wollte sie noch klären, bevor sie vielleicht notgedrungen den aktendeckel schliessen muss: das ist ein besuch beim hotelier vom herzadler und bergschlösschen und ein weiterer besuch beim pfarrer. und: die sache mit dem ring würde sich bestimmt auch noch klären, aber das erscheint ihr heute als nebensache. jedenfalls wagt sie nicht, korbinian anzurufen, den wird sie in nächster zeit mal links liegenlassen. müssen. sie seufzt.
eine liste muss her, um die gedanken klar zu formulieren, beschliesst sie und klappt das notizbuch auf, schreibt, ordnet.
am weg ins dorf ruft sie der alpinpolizist an und vereinbart mit ihr ein treffen in der bar des herzadlers am abend. erst hat sie nach ausreden gesucht, sich aber dann recht bald überreden lassen.
heute aber will sie mit dem hotelier über ilona, seine ehemalige angestellte aus dem table dance-lokal, reden, die sang- und klanglos verschwunden ist. um geordnet vorzugehen, erinnert sie sich an ihre eintragungen ins notizbuch und schwenkt ins gemeindeamt, direkt in das büro des bürgermeisters. eine beflissene sekretärin hat sie vor der tür des bürgermeisters abgefangen. als sie claire, die kriminalbeamtin, erkennt, hat sie den weg aber frei gemacht.

der bürgermeister ist wegen der geschichte mit dem handy von albert in seinem auto noch immer stinksauer, bemüht sich aber um keinerlei rechtfertigung. auf die frage, ob im gemeindeamt daten gesammelt werden zu den saisonbeschäftigten mitarbeitern, verweist er schweigend auf die tür zum sekretariat, durch die claire schleunigst schlüpft, weil auch sie die schlechte luft spürt und dieser situation gern ausweicht. so kommt sie beim vizebürgermeister und gemeindesekretär vorbei, zu clemens, dem spendierfreudigen fahrzeughalter, von dem sie schon mehrfach gehört hat. er ist in ein aktenstudium vertieft, als sie eintritt, erst unbemerkt und allmählich; als ihr handyton leise klingelt, schaut er überrascht auf und mustert sie länger als üblich stumm.
»wir haben uns gestern beim beten im haus von onkel albert gesehen«, sagt clemens, um das lange schweigen zu beenden, und kommt in weitem bogen um seinen schreibtisch herum. »es ist tagesgespräch im dorf gewesen, dass sie während der talsperre aufgetaucht sind.«
»zuerst einmal mein herzliches beileid«, beginnt claire. clemens nickt und macht ein gramvolles gesicht, ganz so wie beim rosenkranz.
»für mich ist unverständlich, wie gerade ein ortskundiger einheimischer in die lawine kommen konnte«, sagt sie. clemens scheint darüber nachzudenken, hat sich diese frage wahrscheinlich selbst noch nicht gestellt, sagt dann: »albert war leidenschaftlicher jäger und war im revier des barons tätig. vielleicht hat er eine gämse entdeckt, die sich verstiegen hat und abgestürzt ist. er war vermut-

lich am weg nach oben, als ihn die lawine erwischt hat.«
»ich hab mir die anbruchstelle der lawine angeschaut«, entgegnet claire. »sie ist sogar von hier aus zu sehen. also nur knapp über der baumgrenze. albert hat nach keiner gämse gesucht.«
»sie könnte verletzt gewesen sein«, entgegnet er, mittlerweile ganz wach mit allen sinnen.
»es ist schonzeit im winter«, entgegnet claire hartnäckig. »wie kommt es dann, dass jäger sich um gämsen kümmern?«
»die jägerschaft ist auch hegerschaft«, erklärt clemens. »das wild wird im wald gefüttert.«
»und die gämsen?«
»wenn ganz viel schnee liegt, kommen die gämsen herunter, auf der suche nach fressbarem. nur die steinböcke bleiben oben. dabei kommt es vor, dass die gämsen lawinen lostreten und selbst als lawinenopfer ins tal donnern. lag ja übrigens eine unter der lawine.« clemens wirkt schulmeisternd.
»sie selbst sind jäger, das erkennt man gleich«, bedankt sich claire für die belehrung.
»ich bin aufsichtsjäger bei der jagdgenossenschaft vorderwald. das revier des barons grenzt unmittelbar an unsere jagd an«, erklärt er.
»aber sie haben noch ein anliegen, das sie zu mir führt?«, setzt er fragend hinzu.
»ich hab ihr snowmobil in der autowerkstatt gesehen«, sagt claire, sie will das gespräch mit clemens nicht so schnell beenden.

fragend hebt er den kopf.
»ist es endlich fertig repariert?«
»ich weiss es nicht«, zuckt claire die schultern. »ich hab kürzlich mit dem mechaniker gesprochen, weil ich gern mal mit so einem ding über den schnee brausen würde!«
clemens lacht. »der schelm. hat er mir doch versprochen, dass er bis zum abend fertig sein wird, zum einsatz bei der grossen wildfütterung, die wir organisiert haben. eine schneefahrt kann ich natürlich gern anbieten«, meint er. »aber warten wir lieber, bis sich die lawinensituation wieder normalisiert. wir haben noch immerhin stufe drei.«
clemens, ein angenehmer, gewinnender mann, etwa im gleichen alter wie korbinian, denkt claire. auch er schlank und sportlich.
hinter seinem schreibtisch ist eine bunte bilderwand drapiert, mit recht imposanten fotografien von reichen und schönen, von stars und berühmten persönlichkeiten aus aller welt, die das dorf besucht haben, immer abgelichtet mit clemens, dem fotogenen repräsentanten, wie sie bewundernd bemerkt.
clemens geht mit claire einen stock höher zu einem arbeitskollegen, der die daten der saisonal beschäftigten mitarbeiter der beherbergungsbetriebe verwaltet.
»ich ruf sie an, ab stufe zwei!«, meint er noch, als er sie dem kollegen überantwortet. claire hat vergessen, ihm ihre visitenkarte zu geben.
für den nachmittag um vierzehn uhr ist das begräbnis von albert angesetzt. eine schlange von betenden bewegt sich von alberts haus herauf zur pfarrkirche, ganz vorne der

helle arvensarg, mit einem blumenbouquet geschmückt, auf einer fahrbaren trage, samt sechs sargträgern in uniform, ausgeliehen vom ansässigen beerdigungsinstitut.
es folgt der pfarrer viktor mit einigen ministranten, dahinter clemens in begleitung einer ganz in schwarz gekleideten, sehr noblen jungen frau mit sonnenbrille, und korbinian mit offener jacke, das hemd diesmal zugeknöpft. schliesslich kinder aus dem dorf und, streng getrennt, die frauen und die männer des dorfes.
der bürgermeister ist dabei, der hotelier vom herzadler, der chef vom tourismusamt, der seilbahnchef, noch ein geistlicher, vermutlich aus dem angrenzenden dorf herbeigeholt, auch der herr notar neuplatt ist gekommen, gestützt von einer bezaubernden begleiterin, vermutlich seiner kreativen tochter, der architektin. die musikkapelle ist ausgerückt und auch die schützenkompanie, die kollegen der bergrettung, denn albert war aktives mitglied.
eine abordnung von jägern ist mit gamsbärten an den hüten aufmarschiert, ein schier endloser zug, der sich zur kirche bewegt. der kirchenraum kann nicht alle menschen fassen, es stehen etliche während der messe am vorplatz zwischen den reihen der gräber. inzwischen ist es sehr kalt geworden. auch claire hat sich hinten eingereiht und spätestens bei der letzten steigung wahrgenommen, dass kein platz mehr in der kirche sein würde.
für eine längere zeit im freien hat sie zu dünne schuhe angezogen. die kälte kriecht unangenehm hoch, man kann nur immer wieder versuchen, auf einem bein zu stehen, um die eiseskälte zu unterbrechen und dann zu wechseln, wenn

der andere fuss schon halb taub geworden ist. als dann noch eine grabrede vom chef der bergrettung gehalten wird, die schützen drei salven aus der kanone schiessen, die musikkapelle sich mit einem trauermarsch verabschiedet, sind die füsse endgültig steif gefroren. höchste zeit, dass sich die leute wieder bewegen, um sich mit weihwasser von albert an seinem sarg zu verabschieden.
dabei hätte sie so gern den pfarrer beobachtet, der vermutlich noch nicht gewusst hat, dass er gerade seinen leiblichen vater beerdigt. oder aber er hat es bereits erfahren und diese entdeckung nicht preisgeben wollen. hat er deshalb bei ihrem ersten besuch diese lügengeschichte mit der reise nach rom aufgetischt?
claire schwenkt nach dem begräbnis zum herzadler in die geheizte, gemütliche stube, um sich aufzuwärmen. der hotelier ist inzwischen auch vom begräbnis zurück und bedeutet claire mit einer handbewegung, ihn in sein büro zu begleiten.
sie setzt sich auf ein sofa, während er zwei kleine braune mit schuss bestellt und in seinen unterlagen eine mappe sucht. er knipst eine weitere leuchte an, tippt dabei auf einen monitor und scheint zu überlegen, welche lichtstimmung zu dieser unterhaltung passen könnte. claire jedenfalls ist von der ehefrau vorgewarnt: er würde garantiert versuchen, sie ins bett zu bringen!
daher ist sie erstaunt, dass das lichtszenario am bildschirm so sachlich ausgefallen ist.
das büro ist riesengross, man kann das ende des raumes kaum absehen. die wände sind verbaut mit glasvitrinen, in

denen, schön geordnet, allerhand sammlerstücke drapiert sind. eine grosse bücherwand bildet den abschluss, direkt hinter seinem schreibtisch, der sie an das wuchtige möbel im weissen haus erinnert. im raum verteilt stehen zwei sitzgruppen, und wahrscheinlich stehen noch einige in dem nicht einsehbaren teil des raumes.

die bedienung bringt kaffee und den hochprozentigen und verschwindet hinter einer tapetentür.

»frau ilona o.!« der hotelier hat offenbar eine mappe gefunden, legt sie vor sich auf den tisch und blättert darin. »erst die personalien, sie schreiben doch mit?«

er ruft jemanden an. »kommt sofort, der herr geschäftsführer«, nickt er und deutet mit der hand zur tür.

es dauert nur wenige minuten, bis ein mann eintritt, den der hotelier als seinen geschäftsführer für das table-dance-lokal vorstellt. dieser setzt sich mit einem stuhl, den er sich heranzieht, an den schreibtisch.

»ich dachte, es ist besser, wenn wir beide zu diesem fall der frau aussagen. schliesslich haben wir sie entlassen müssen.« der herzadlerwirt setzt kurz ab. »sie möchten den grund dafür erfahren?«, schaut er auf. claire hat bislang kein wort gesagt. der auftritt wirkt auf mich wie eine szene aus einem theaterstück, denkt sie bei sich.

»die frauen in unserem lokal kommen aus osteuropa, meist über vermittlungsagenturen, die dafür verantwortlich sind, dass keine ungereimtheiten passieren. ich meine in puncto bezahlung, freizeit, übergriffen von kunden und so weiter. die damen in unserem lokal werden anständig behandelt, zuvorkommend untergebracht und versorgt.

meistens klappt es auch ganz gut, die damen kommen zum teil auch eine zweite saison. das mögen die kunden ganz gern, in manchen fällen aber auch nicht.
es kann ja schon vorkommen, dass unsere gäste einmal ohne ihre ehefrauen urlauben und dann ein zweites mal eben mit ihren ehefrauen zu uns kommen. da ist es unangebracht, wenn die tänzerinnen schon von weitem rufen: ‚hallo kurt!' deshalb können wir uns nur mitarbeiterinnen leisten, die vom niveau her auf diese feinheiten geschult sind und in jedem fall seriös auftreten.
dann gibt es auch frauen, die nach allerlei zubussen ausschau halten, nicht davor zurückschrecken, auch unlautere mittel einzusetzen, um an geld zu kommen. das war auch bei ilona o. der fall. sie hat nicht nur laufend daten gesammelt von unseren männlichen kunden, sie hat auch nicht davor zurückgeschreckt, drohungen auszusprechen, sie würde die ihr anvertrauten geheimnisse der kunden an entsprechender stelle weitergeben. sie hat auch unseren herrn geschäftsführer ordentlich erpresst.«
er setzt wiederum ab. claire ergreift die gelegenheit für eine bemerkung. »lohnt es sich, den geschäftsführer zu erpressen? ich meine, bietet der herr auch anlass dazu?« sie erntet einen giftigen blick vom herrn geschäftsführer, der bisher noch nicht ein wort von sich gegeben hat.
»mit einer geschichte wegen einer liaison mit einer kollegin. das hat mich auch dreizehntausend euro gekostet.« bei dieser summe ist nicht allein ein vergehen des geschäftsführers beglichen worden, denkt claire.

»zumindest hab ich aber eine erklärung vor zeugen, dass sie alle beschuldigungen revidiert hat«, ergänzt der wirt.
»und das viele geld muss sie nicht zurückzahlen?«, wundert sich claire, schaut kurz von ihren notizen auf. die kritzelei im buch lässt beide männer nervös werden.
»deshalb ist der herr attems hier, der geschäftsführer. sie sollten wissen, er ist frisch verheiratet, und da bekommt die sache einen üblen beigeschmack. und ganz im vertrauen, liebe frau polizistin, die meiste kohle hat sie schon wieder ausgegeben, von solchen leuten ist nichts zu holen!«, wendet er seufzend ein.
»es gab auch diebstähle in der bar. sie hat bares von den einnahmen an der theke abgezweigt, der herr geschäftsführer hat sie erwischt, hat grösseren schaden noch verhindern können. kurzum, wir haben sie entlassen, eben rausgeworfen. das war ungefähr zwei tage vor der talsperre wegen der grossen lawinengefahr. sie ist abgereist, ohne die persönlichen sachen in ihrem zimmer mitzunehmen. sie kennen ja ihr zimmer im keller vom herzadler.«
»warum hat sie in einem kellerzimmer gewohnt?«, fragt claire, die zwischen dem schnaps und der kaffeetasse wählen konnte.
»natürlich hat sie ihre korrupte masche schon länger abgezogen«, meint herr attems, eben aus seinem schweigekoma erwacht. »dann hab ich sie in den keller gesteckt, wegen der erpressung und wegen den diebstählen.« claire entschied sich für die kaffeetasse.
»am abend vor der abreise hat sich die frau ilona einen bus ausgeliehen, mit dem wir allzu betrunkene gäste in der

nacht noch in ihr hotelzimmer bringen und auch die mädchen in ihre unterkünfte transferieren. den bus hat sie vom türsteher unseres lokales ausgeborgt, das habe ich aber erst zwei tage später erfahren. der bus ist dann in einem vorort unseres dorfes aufgefunden worden, unversperrt.« claire hat genug daten zur person ilona gesammelt und notiert.

»wir zeigen ihnen auch gern die niederschrift, die von frau ilona o. unterfertigt worden ist, und zwar vor drei zeugen.« claire, sehr interessiert an allen details, hat für heute genug gehört und gesehen bei dieser theatervorstellung, sie hat es inzwischen auch recht eilig, denn sie verfolgt in gedanken bereits eine weitere spur.

es ist höchste zeit, zu ihrem nächsten rendezvous zu kommen, obwohl noch immer verärgert, besonders darüber, dass sie so schnell korbinian nachgegeben hat, ihn an der bar zu treffen. sie wird heute besonders aufpassen, weil es da einige ungereimtheiten gibt, es scheint ihr, als wäre er nicht sonderlich ehrlich zu ihr gewesen. sie würde also sehr vorsichtig an all die dinge herangehen, wie lange dies auch dauern mochte, sie würde dranbleiben, jetzt oder nie! sie würde auch manch unangenehme enthüllungen vorbringen müssen, ob es passte oder nicht nach der beerdigung seines patenonkels.

er steht schon an der bar mit einigen einheimischen, als sie geradewegs auf die letzte ecke zusteuert. sie setzt sich in den hinteren, abgedunkelten bereich und wartet. korbinian hat sie aus dem augenwinkel erspäht, aber es dauert, bis er sich aus der männerrunde lösen kann.

»wir gehen doch lieber noch eine runde durchs dorf«, meint claire und packt entschlossen ihren wintermantel. ganz beiläufig fragt sie nach dem ring, den sie ihm gegeben hat. »und? hast du dazu was feststellen können?« »nein«, sagt er, er habe noch nicht einmal zeit gehabt, vergleiche anzustellen, eine leichte verstimmung schwingt mit.
macht nichts, das wird noch, denkt sich claire siegessicher. aber zur sache mit dem handy kann sie nicht mehr hinter dem berg halten, das muss jetzt raus:
»ich hab den bürgermeister in eine verdammt heikle situation gebracht. nicht zuletzt, weil der streit zwischen albert und der gemeinde doch allen bekannt gewesen ist. ich denke, es liegt an dir, dich beim bürgermeister in aller form zu entschuldigen. und zwar so, dass alle leute es mitbekommen.
das ist eine aufforderung an dich, weil du mir gegenüber nicht ganz ehrlich gewesen bist! ich verstehe diese unterlassung als nicht böswillig oder irreführend, weil es emotionale momente gegeben haben wird bei der auffindung deines toten patenonkels albert.«
korbinian ist stehen geblieben, ganz ruhig und gefasst, und hat zu ihren worten genickt, als ob er damit andeuten will: alles ist so, wie du es mir sagst, ausserdem hast du mir ja schon verziehen.
»und noch was: die telefonnummer deiner ungarischen liebe, hab ich dich nie danach gefragt?« claire zeigt auf eine nummer in ihrem notizbuch. er wirkt verlegen.
»es ist nicht meine liebe, es ist eine saisonbekanntschaft«, versucht er richtigzustellen.

»man lernt leute kennen im ort, die wieder weg sind, wenn der winter aus ist und der sommer kommt. es gibt frauen, die man nur einmal trifft, und frauen, die schon vor saisonschluss wieder verduften, und dann gibt's frauen wie dich, da möchte man öfters was trinken gehen in die herzadlerbar.« claire ist sich nicht mehr sicher, fragt aber doch routinemässig, ob er gewusst habe, dass albert auch die telefonnummer von ilona gespeichert hat. nein, habe er nicht. hat nur geahnt, dass sie, ilona, kontakt mit albert geknüpft habe.
»warum, weiss ich nicht, aber möglicherweise ...«, ergänzt er, schüttelt dann aber den kopf und schweigt.
claire hat wegen des versteckten komplimentes von vorhin aber nicht darauf reagieren wollen, warum er mitten in seiner erklärung abgebrochen hat, vielmehr ist sie in freudiger stimmung, weil sie ihm als erste das geheimnis um den familienzuwachs bei albert präsentieren wird. und danach, das ist wie das amen im gebet, danach will sie erleben, wie blass ein pfarrer werden kann.

kapitel 11

die nacht entwickelt sich für korbinian völlig unerwartet. claire jedenfalls hat die nächsten schritte schon durchgeplant: zunächst die nachtlokale eins nach dem anderen. das eine zu eng, das nächste zu laut, im dritten die gäste schon betrunken, kurzerhand bleibt dann noch die wohnung von korbinian. »ach bleib noch, nur auf einen drink, einen zweiten!« dann ist es auch schon passiert. korbinian erliegt dem charme seiner berufskollegin.
claire, die verführerin, wartet auf eine gelegenheit, ihm den ring am hals abzunehmen und auf die punzierten zeichen hin zu untersuchen. die entdeckung entlockt ihr einen verhaltenen schrei, er ist sofort wach. beide ringe sind ein paar, wurden also zusammen angefertigt. verlobungsringe vielleicht, oder trauringe?
»hast du gewusst, dass albert einen leiblichen sohn gehabt hat?« die frage stellt sie im türrahmen vom bad aus in das dunkle zimmer. es kommt keine antwort.
er schnaubt, dreht sich aus dem bett und geht auf den lichtschein zu.
»hast du das geträumt oder hast du das ermittelt?« »ich hab einige blätter von seinem arbeitstisch genommen bei unserem gemeinsamen besuch im haus von albert, und in der manier einer elementarschülerin die seiten mit graphit eingerieben. es waren zwei blätter absolut klar lesbar.«
er wendet sich ab, will zeit gewinnen, um einen klaren gedanken fassen zu können. es ist nicht gerade förder-

lich, wenn er sich jetzt verrät, aber damit, dass er dieses geheimnis bereits kennt, will er unter keinen umständen herausrücken. er muss herausfinden, was genau sie erfahren hat und wie sie ihre beweise untermauert. erst dann wird er darauf reagieren oder seinen kopf aus der schlinge ziehen, falls sie ihm etwas nachweisen sollte.
es schiesst ihm durch den kopf: wenn er zugibt, bereits davon gewusst zu haben, würde er sich sofort mehr als verdächtig machen! nein, auf keinen fall auch nur irgendwas gestehen!
zu claire gewandt, er hat dabei einen arm auf ihre schulter gelegt und sie zu sich gezogen, murmelt er etwas unverständliches, nimmt sie auf und trägt sie zurück ins bett.
»erzählst du mir von alberts sohn?«, fragt korbinian, richtet sich im bett auf. claire beginnt mit ihrer erzählung von der entdeckung am papier, der recherche beim notar und der noch ausstehenden reaktion des »enttarnten sohnes«.
dass es der pfarrer ist, hat ihn nicht sonderlich überrascht, bemerkt claire so nebenbei. korbinian hat dann doch immer wieder den kopf geschüttelt, als müsste er für diese neuigkeit erst platz darin machen.
»gibt es was neues über ilona zu berichten?«, fragt er.
»sie hat eine doppelrolle gespielt. hat den albert vermutlich erpresst mit der geschichte, und dich hat sie sich warmgehalten, damit du, sollte etwas nicht so laufen wie gewünscht, ihr nicht in den rücken fällst, als polizist«, meint claire.
»so ein luder«, schimpft er, claire stuft dies als eine episode eines theaterstückes ein.

»nach allem, was ich jetzt weiss, bin ich natürlich überrascht«, holt er aus.
»das ist eine völlig neue wendung der geschichte, zumal der eigene sohn von albert ja auch im selben ort ist. stell dir vor, in welcher geschwindigkeit sich das verbreiten wird im dorf! wären die fernsehstationen noch hier, würden sie darüber berichten: lawinentoter wird vom eigenen sohn beerdigt!«, malt er eine schlagzeile in die luft.
»was es für clemens bedeutet, weiss ich nicht«, spricht korbinian weiter mit einer noch nie an ihm entdeckten redewut, »er wird aber nicht sehr erfreut sein über diese nachricht! stell dir vor, der einzige erbe für das riesige vermögen von albert. und das muss er jetzt mit einem noch näher verwandten teilen? den ganzen aufwändigen lebensstil, den er betrieben hat, bisher. wird sich das finanziell auch ausgehen?«
»machst du dir um clemens sorgen?«, fragt sie in das dunkel.
»ja, erstens ist er mein freund, schon seit ich denken kann, und zweitens hat er ja wirklich annehmen können, ja annehmen müssen, einmal die erbschaft von albert anzutreten.«
»deshalb hat er schon zu lebzeiten seines onkels auf sehr grossem fuss gelebt? und angenommen, es würde sein verwandter in dem augenblick sterben, in dem er geld braucht?«
»ach was«, meint korbinian, »es ist nur so, dass man sich auf etwas jahrelang verlässt; und dann kommt plötzlich eine andere situation im leben.«

»plötzlich arm?«
»clemens ist mit einer reichen frau verheiratet. sie wird ihn jetzt nicht hängen lassen, auch wenn sie erfährt, dass die kirche am erbe mitschneidet.« nach einer gedankenpause: »allerdings hab ich auch schon gehört, er steht vor der scheidung mit marlene.«
»klingt nicht erfreulich«, meint claire. »und wie steht es um deinen erbanteil in dieser geschichte?«
»ich?« korbinian winkt ab. »ich bin seit meinem sechzehnten lebensjahr befreundet mit albert. wir haben nie viel geredet, nur manchmal hat er sich sorgenvoll über die entwicklung seines neffen geäussert, hat alles immer nur angedeutet. mit rücksicht auf unsere jugendfreundschaft, vermute ich inzwischen. nein, ich rechne nicht mit einer erbschaft. schon deshalb nicht, weil er plötzlich zwei leute hat, die er bedenken muss.
er hat mir gezeigt, wie ein rohes stück holz zu bearbeiten ist, damit es eine statue wird, die man herzeigen kann. er war ein besserer künstler, als die leute von ihm geahnt haben. in seiner werkstätte hat er mir arbeiten gezeigt, die er, eingewickelt in tücher, in einem versperrten schrank aufbewahrt hat. kunstwerke, sage ich dir! stücke, die bei jeder kunstauktion viel geld bringen würden. verkauft hat er aber nur gefasste putten und manchmal kruzifixe, meist grob gehauene, unfertige, wie er sagte. diese sind an touristen gegangen, die ihm bis in die werkstatt nachgesprungen sind. eigentlich haben ihn alle gestört, wenn sie in seine beheizte werkstätte gekommen sind. der weg in seine arbeitsstätte wurde als geheimtipp gehandelt,

führte nur über den niederen nicht für alle gut riechenden geissenstall und dann über die tenne in sein allerheiligstes, das hat er genossen und schelmisch darüber gelacht. er hat einen leidlichen schnitzer aus mir gemacht, das ist erbe genug!«

claire ist dann nicht weiter darauf eingegangen, obwohl sie unmissverständlich vom notar gehört hat, welche leute als erben bedacht wurden. das wird sich rechtzeitig regeln, denkt sie und dabei fällt ihr ein spruch ihrer grossmutter ein: der zug fährt auf schienen.

»und nun zum ring!«, meint sie energisch, hat hinter dem vorhang einen lichtschimmer entdeckt.

»deine kette liegt im bad, mit dem ring dran. und ich hab heute nacht auch zeit gehabt, den ring genauer unter die lupe zu nehmen. es ist der gleiche ring, den ich bei albert gefunden hab.

haargenau der gleiche, praktisch ein gegenstück. damit schliesst sich der kreis. die tänzerin ilona hat offenbar dir das gegenstück zum ring gegeben, das im besitz von albert ist. ich nehme an, das war wohl gut überlegt von ihr. da glaub ich nicht an einen zufall. mit dieser aktion wollte sie beweisen, dass sie einblicke hat in die familiären verhältnisse. ich warte noch auf einen entscheidenden anruf aus landeck. dann wird sich auch dieses rätsel lösen lassen, und dann werde ich den pfarrer aufsuchen. der hat mir nämlich ein märchen erzählt, ein ganz und gar erlogenes!!« claire ist aufgesprungen, das morgenlicht ist jetzt durch einen spalt der vorhänge gut sichtbar.

»ich muss mich beeilen.« er war ahnungslos, denkt claire. er hat wirklich nichts von allem gewusst. aber er hat ihr verschwiegen, das handy mitgenommen zu haben, das sie im auto des bürgermeisters gefunden hat, ist deshalb noch immer verstimmt wegen der geschichte, die sie losgetreten hat, obgleich sie ihm verziehen hat.
aber das, was ihr nun bevorsteht, nimmt ihr vorerst einmal die vorfreude auf ein frühstück im bergschlosshotel. so entschliesst sie sich für einen abstecher in die dorfkirche, entscheidet sich anschliessend, in der trafik einzukaufen, und nimmt dann doch einen kaffee im herzadler, an der bar. ihr erscheinen hat zur folge, dass die einheimischen ganz abrupt ihre gespräche auf halbe lautstärke regulieren.
im hintersten eck nimmt sie platz, zückt ihr notizbuch und ordnet ihre gedanken mit einigen eintragungen.
es ist niemandem im dorf entgangen, dass die ermittlungen noch nach dem begräbnis von albert weiterlaufen, was die anwesenheit der jungen polizistin claire ja klarstellt.

in den medien haben die dorfbewohner gestöbert, nach neuesten nachrichten und erkenntnissen gesucht. aber es ist nichts neues verlautbart worden, es gibt keine offizielle meldung zu diesem fall und auf nachfrage der bezirkszeitungen beim polizeikommando landeck kommt dieses zwar gehörig unter druck, aber hauptsächlich deshalb, weil der chef der kommandantur nun seit über einem monat nicht zu sprechen ist und die vertretung keine glaubhaften ausreden parat hat.

eine befragung von claire hat dann doch etwas licht ins dunkel gebracht: ein reporter der ansässigen lokalzeitung hat claire in der trafik angesprochen und einen termin für ein interview ausgemacht. beim treffen im brotladen, eingezwängt zwischen touristen, die sich vor dem verkaufspult anstellen, und stapeln von frisch duftendem brot in kisten und neben einem espresso zückt der reporter sein notizbuch und ein aufnahmegerät.

claire legt gleich los, wie sie es in der ausbildung gelernt hat. frisch, zügig, ohne leerräume in den sätzen. aber nur so viel als nötig, immer optimistisch und vor allem: gut gelaunt.

in einigen gezielten äusserungen hat sie vom tragischen tod des albert w. als einem unfall mit todesfolgen gesprochen. warum dann die ermittlungen noch immer andauern, wollte der zeitungsmann wissen.

das sei eine routinemassnahme, weil bei der obduktion nicht eindeutig geklärt werden konnte, woher die spuren der strangulierung am hals kamen, während die äusseren verletzungen offensichtlich durch die talfahrt in der lawine entstanden seien. natürlich aber konnte es sein, dass bei der talfahrt der körper ins latschengebüsch geschleudert und dort mit den ästen verklemmt worden war. das eben sei eine der aufgaben, die es rückwirkend noch zu eruieren gebe. und dazu würden fachleute, eben mediziner aus dem nahen ausland erwartet, die eine expertise erstellen müssten. deshalb ist sie noch hier, sie muss noch alles abwickeln.

raffiniert ausgedacht von claire, damit hat sie die aufmerksamkeit von sich abgelenkt, so hofft sie zumindest. der reporter hat damit genug material für seinen bericht in der nächsten ausgabe.
in der kirche hat sich eine günstige gelegenheit ergeben: claire, gerade dabei, eine kerze anzuzünden, sieht, wie sich die tür zum beichtstuhl öffnet und eine ältere, kopftuch tragende frau herausschlüpft, ebendie, die sie am friedhof geroffen hat. claire pirscht sich an den im mauerwerk versenkten hölzernen beichtstuhl heran, erblickt hinter der mittleren vergitterten tür den pfarrer viktor und betritt gewandt die beichtkabine. pfarrer viktor, nicht wenig überrascht über den besuch, ist vorerst sprachlos. claire nutzt die gunst der stunde und fixiert einen weiteren gesprächstermin. der pfarrer ist offensichtlich ziemlich verdutzt, weil er keine silbe entgegnet, claire ist schneller wieder aus dem beichtstuhl entwischt, als er den mund aufmachen kann.

kapitel 12

es hat wieder zu schneien begonnen, der himmel ist grau und verhangen. in der fussgängerzone hat sich der schnee schon angelegt. die touristen in den mondänen pelzmänteln geniessen sichtlich einen faulenzertag, an dem sie nicht von den schilehrern auf der piste belehrt werden, nicht in den bergrestaurants in schlangen anstehen müssen, bepackt mit essenstableaus. dafür sind die kaffeehäuser voll, auch die plätze vor den lokalen, dick eingepackt unter ausgerollten markisen sitzen die touristen in fellbespannten stühlen, überall wärmestrahlende lampen im einsatz, selbst im neuen supermarkt ist die hölle los. die stimmung verrät: es ist urlaub! es ist urlaub, wir geniessen und feiern, die party hat begonnen!
claire ist auf dem weg zum pfarrwidum, um den im beichtstuhl hingeworfenen termin einzulösen. sie hat dem pfarrer keine wahl gelassen. so zieht sie an dem messingstab mit dem holzgriff, es ertönt wieder das glöcklein im hausgang, die türe wird geöffnet.
pfarrer viktor trägt einen schwarzen anzug. den priester erkennt man an seinem kleinen kreuz am revers. ganz klein, ganz dezent. er bindet sich noch einen schuh, den fuss auf eine treppenstufe gestützt, dann fordert er claire auf, ihm in die stube zu folgen. er habe es eilig heute, bemerkt er beim eintreten in einen grossen raum, an den eine küche angrenzt, die tür steht offen. der raum wirkt höher als der arbeitsraum, in dem er sie letztes mal empfangen hat. tatsächlich, sie sind drei stufen vom gang aus

hinuntergegangen, und die bodenlangen fenster öffnen sich zum dorf hin. man kann auf die verschneiten dächer schauen. die fenster reichen bis zum boden, rundgebogene fenster mit von weissen sprossen unterteilten scheiben, die sich in einen verschneiten garten öffnen.
es gibt mehrere plätze davor, eine terrrasse mit einer pergola. im sommer muss es hier verwunschen ausschauen, denkt claire beim anblick von meterhoch liegendem schnee. der pfarrer räumt einige bücher beiseite und bietet claire einen platz auf einem sofa an.
»ich werde mich nicht beeilen«, antwortet claire gedehnt, holt ihr notizbuch aus der tasche.
»und verzeihen sie, wenn es unangenehm wird. ich habe ihnen einige fragen zu stellen«, ergänzt sie.
»nur zu«, bemerkt der pfarrer. er hat sich gesetzt, blickt mehrmals hintereinander auf seine armbanduhr, lächelt.
»vergessen sie jetzt ihre termine, pfarrer viktor. ich hab mit meinem kollegen in landeck vereinbart, mich viertelstündlich bei ihm zu melden. entweder ich werde angerufen oder ich rufe selber an. falls ich nicht pünktlich erreichbar bin, wird eine truppe losgeschickt, sie wissen alle, wo ich mich zur zeit aufhalte. notfalls kann es sein, dass auf ihrem telefon angerufen wird, das soll ich ihnen ausrichten.«.
claire hat lange überlegt, wie sie sich bei dieser aussprache mit dem pfarrer verhalten soll. dann ist ihr diese möglichkeit eingefallen, hat aber keine ahnung, ob ihre flunkerei wirkt. dem pfarrer viktor ist das lächeln jedenfalls vergangen.

»frage eins, herr pfarrer: erzählen sie mir doch mehr über ihren besuch im noma. und frage zwei, herr pfarrer, erzählen sie mehr über ilona, die tänzerin vom table dance-lokal.«
der pfarrer scheint in seinem sessel zu versinken.
von ilonas arbeitskollegin habe sie erfahren, dass der pfarrer sie auch des öfteren abgeholt hat.
»und frage drei, herr pfarrer: erzählen sie doch davon, wie es ist, seinen leiblichen vater endlich gefunden zu haben, allerdings einen nunmehr toten vater.« claire ist erschrocken über ihre eigene wortwahl, etwas hart, sicher, aber unüberlegt. aber der zorn über das märchen, das er ihr beim ersten besuch aufgetischt hat, nagt noch immer. zudem ist sie sich sehr sicher, dass nicht sie die erste ist, die ihm diese ‚neuigkeit vom entdeckten sohn' berichtet.
pfarrer viktor schweigt. ganze drei minuten sitzt er nun da, aschfahl wie der verschneite himmel. er hadert mit sich, das kann man ihm ansehen. er ringt mit sich.
was kann er nun aussagen und wozu muss er schweigen, berufsbedingt sozusagen?
claire hat eine nummer gewählt, spricht kurz und legt auf. »ich hab mich in landeck gemeldet, hab mitgeteilt, dass alles ruhig ist und dass auch keine gewalt zu befürchten ist.« pfarrer viktor hebt lächelnd die hand. »mein liebes mädchen, ich werde sie gewiss nicht bedrohen, auch nicht umbringen, sie sind nicht in gefahr. es sei denn, sie setzen mir ein messer an die brust, dann werde ich mich zumindest wehren. nein, ich hadere gerade damit, was ich ihnen sagen darf und berufsbedingt nicht sagen kann. sie

wissen, mein gelübde untersagt mir, beicht- und andere geheimnisse weiterzugeben. das werden sie akzeptieren müssen.« claire nickt, damit hat sie gerechnet. »sie werden trotzdem nicht umhinkommen, auf meine fragen zu antworten. denn sie haben mir eine geschichte präsentiert, die offensichtlich nicht zusammenpasst mit dem, was ich herausgefunden habe: stichwort n o m a.« claire setzt kurz ab, rückt ihr notizbuch zurecht.
»ich bitte sie, herr pfarrer, ich möchte nicht wieder eine verlogene antwort auf jede meiner fragen. das würde dazu führen, dass wir sie festnehmen müssten. auch wenn sie ein priester sind.« claire macht sich luft, sitzt kerzengerade. »das wäre ein skandal im dorf, das will ich ihnen, ihren vorgesetzten und den leuten im dorf nicht antun. machen sie es kurz und schmerzlos: erzählen sie mir, so gut es geht, wie man von rom nach kopenhagen kommt! und verzeihen sie, ich drücke nur mal kurz auf mein telefon, das geht zweimal durch. beim dritten mal muss ich mich mit eigenen worten melden, oder die bullen stehen vor der widumstür.«
pfarrer viktor hat sich eine krumme zigarette gefischt, vermutlich aus einer packung aus seiner hosentasche. claire reicht ihm ein feuerzeug, schüttelt aber den kopf, als er ihr auch eine zigarette anbieten will.
»dann werde ich ihnen jetzt die geschichte erzählen. das wird einige zeit in anspruch nehmen. den termin für heute mittag werde ich wohl absagen müssen. schade um das schöne mittagessen, die chefin vom herzadler hat eingeladen, in das bergschlosshotel.«

»es wird ein fünfgängiges menü sein, das sie versäumen, hab ich von der wirtin erfahren«, sagt claire trocken. »wenn sie sich kurzfassen, kommen wir noch rechtzeitig, und wenn sie einen fehler machen, werden sie in handschellen da rausgehen«, setzt sie nach, resoluter als noch vorhin.
der pfarrer lächelt diesmal verlegen, wirkt aber selbstsicher. »ganz am anfang, meine liebe, werde ich ein geständnis ablegen. dazu fordere ich sie auf, endlich ihr tonbandgerät einzuschalten, falls es nicht schon mitläuft.« claire rührt sich nicht.
»ergänzend sei noch erklärt: ich werde ihnen alles sagen, was mich und was meine schwester ilona, also die tänzerin, betrifft. und zwar deshalb, weil dieser part nicht zu meinem berufsgeheimnis gehört. es geht ja auch darum, dass ich offenbar inzwischen als verdächtig gelte, das kann ich ihnen nicht verdenken, sie haben gute arbeit geleistet.« »ilona, ihre schwester?« claire ist verblüfft, bringt den mund kaum zu. der pfarrer fährt fort.
»aber es gibt dann doch etwas, das ich ihnen zwar andeuten, worüber ich aber im detail nicht reden darf. aber nun der reihe nach:
ich hatte ihnen beim letzten besuch erklärt, ich sei dringend nach rom berufen worden. das war eine notlüge, die ich mit rücksicht auf die ereignisse, die sich überstürzt hatten, einsetzen musste.
natürlich ist mir aufgefallen, dass der beleg vom restaurant noma verschwunden ist.
ich halte ziemlich penibel ordnung in den schriftstücken.

da wusste ich bald, dass sie sehr clever sind und früher oder später wieder hier auftauchen werden.« er macht einen tiefen zug an seiner zigarette und lässt den rauch in wölkchen raus.

»im dorf wird das gerücht geschürt, man habe mich des öfteren mit damen aus dem table-dance-lokal gesehen. das stimmt ja auch, zumindest was meine schwester ilona betrifft, die schon die zweite saison hier im ort arbeitet. sie hat mich besucht, immer nur nach einbruch der dunkelheit, und ich habe sie einige male auf spaziergängen begleitet, immer bei dunkler nacht. aber die leute sind gerade nachts neugierig, wir sind also öfters gesehen worden.

ja, ilona ist die älteste in unserer familie. dann komme ich und es gibt einen weiteren bruder, der zehn jahre jünger ist. meine mutter stammt aus armen verhältnissen, wurde mit siebzehn jahren schwanger und wurde von dem gutsherrn, bei dem sie gearbeitet hatte, rausgeworfen, als er von ihrer schwangerschaft erfuhr.

mein vater sei ein zigeuner gewesen, hatte man gehört. tatsächlich waren in jenem jahr fahrende leute in dem dorf gewesen, also ein leichtes, sie damit zu beschuldigen. dass der gutsherr selbst der lebensspendende vater war, hat er einer nahen verwandten, die ihn gepflegt hat, erst am sterbebett anvertraut, auch berichtete sie von einem notar, der gerufen worden war, seinen letzten willen zu erfahren und niederzuschreiben.

ilona war schon eine erwachsene frau, als sie davon erfuhr. und weil sie trotz ihrer zarten figur recht handfest ist, besuchte sie den notar, der inzwischen im ruhestand

war, schaffte es auch irgendwie, die letzte verfügung des gutsherrn zu bekommen. da war nun die rede von einem erbteil für das kind meiner mutter, eine damals erkleckliche summe, die aber nie ausbezahlt worden war. ob sie dabei den notar bezirzt hatte oder halb tot geschlagen, weiss ich nicht.
aber zurück zur eigentlichen geschichte:
meine mutter jedenfalls bekam in einer grossküche in der hauptstadt arbeit und quartier. als sie über den sommer in ein sommercamp am balaton geschickt wurde, also an den plattensee, lernte die mutter einen jungen mann kennen, der als erzieher für jungschargruppen eingesetzt war. das war 1975, mein erzeuger, wie sich erst kürzlich herausgestellt hat. die zeiten waren damals nicht rosig. stellen sie sich vor, eine alleinstehende frau mit zwei kindern, und diese dazu noch von zwei verschiedenen männern: der ruf war ruiniert, die aussichten auf eine heirat und ein geordnetes familienleben zunichte. mutter hat mir von meinem vater nie erzählt. selbst meinem drängen hat sie nie nachgegeben. das thema war tabu.
dass sie dann in ihrem weiteren leben doch noch glück hatte, war eine göttliche fügung. ein adeliger herr mittleren alters hatte eine sehr kranke frau im haus und konnte meine mutter gewinnen, sie zu pflegen. das war eine zeitspanne von vier jahren, in der mutter ihre arbeit aufopfernd versah und sich dabei auch in den grafen verliebte. wir hatten eine unbeschwerte zeit. dann kam auch mein jüngerer bruder, eigentlich halbbruder, zur welt. geheiratet hat der graf meine mutter kurz vor der geburt

meines jüngeren bruders, ich wurde mit zehn jahren ins gymnasium gesteckt, in der hauptstadt. die besuche daheim waren selten, aber immer schön. mein jüngerer bruder war ein sonniges kind. die ältere schwester ilona entwickelte sich dagegen eher schwierig.
mit sechzehn haute sie von zuhause ab und wurde erst ein halbes jahr später von der polizei wieder zurückgebracht. solche ausreissversuche hat sie mehrfach gestartet.
mit zwanzig war sie dann endgültig weg und wohnte in der hauptstadt. von dem besuch bei dem notar erfuhren wir von der polizei. ilona hatte dem mann wahrscheinlich sehr zugesetzt, um ihm die akte herauszulocken. es wurde zwar nie weiterverfolgt, aber die übergabe der wiedergutmachung erfolgte an ilona, wie sie mir kürzlich gestand. mutter war dieser angelegenheit auch nie weiter nachgegangen, sie war ja recht gut versorgt für alle fälle, weil sie der graf noch zu lebzeiten als alleinerbin eingesetzt hatte. der graf als kunstsinniger mann hatte zeitgenössische kunst gesammelt, die nach seinem tod leider wesentlich unter dem wert verkauft wurde, weil mutter davon nichts verstand und übers ohr gehauen wurde. ilona hatte bei diesem verkauf auch einige fehler gemacht, sie war ja bald nach dem tod des stiefvaters wieder zurückgekommen.
der grundbesitz stellte sich dann als nicht sehr wertvoll heraus, es waren noch grosse schulden zu begleichen, das herrschaftshaus war gross und verschlang recht beachtliche summen, allein für eine neue heizung. so wurden zwei etagen zu mietwohnungen umgebaut und hergerichtet. ilona hatte nie einen beruf erlernt, auch kein studium

nachzuweisen; und so hatte sie sich in der stadt mit gelegenheitsjobs herumgeschlagen und dabei entdeckt, dass sich geld mit ihrem körper leichter verdienen liess. überdies lebte sie recht mondän.
der jüngere bruder studierte geologie, was seinem naturell sehr entgegenkam. nach seiner ausbildung schloss er sich einer institution an, die für einen befreundeten staat im nahen osten nach erdöl suchte, hatte affären mit frauen, musste fliehen und beschäftigte sich nach einer spektakulären flucht und rückkehr als freier schriftsteller mit der aufarbeitung seiner amourösen abenteuer.
ich wurde in ein internat gesteckt, maturierte mit achtzehn und verliebte mich hals über kopf in die tochter unserer internatsköchin. die liebe aber war in zehn tagen wieder vorbei, sie hatte ihre zuneigung für einen talentierteren mitschüler entdeckt. das war für mich zwar ernüchternd, mit grösserem zeitabstand aber heilsam. ich hatte gedichte geschrieben und schon viele gesammelt, um einen gedichtband herausgeben zu können. eine zeitlang arbeitete ich für eine zeitung, erst in der druckerei, schliesslich im lektorat. auf empfehlung eines bekannten der familie und zur besseren ablenkung meiner unglücklichen verliebtheit kam ich als jagdgehilfe in einen grossen jagdbetrieb, wo ausländer in scharen kamen, um einen kapitalen abschuss von rotwild zu erleben. meine aufgabe war es, die betrunkenen touristen nach ihrem jagderfolg wieder einzusammeln und heil zurückzubringen.
ein jagdgast machte einen besonderen eindruck auf mich, es war ein kardinal, ein gebildeter mann. ich konnte mich

mit ihm stundenlang unterhalten, wenn wir im wald auf der pirsch waren. und er konnte in mir ein feuer entfachen, das mich motivierte, aus eigenem entschluss in ein priesterseminar einzutreten. noch heute hab ich kontakt zu diesem herrn. er war für mich sehr prägend, ein ersatz für den nie vorhandenen leiblichen vater.
ilona hatte inzwischen die erbschaft unserer mutter durchgebracht, weil sie einfach nicht wirtschaften konnte. mutter hatte ihr alles überlassen, hatte sich nie darum gekümmert, wie gut oder schlecht sie den besitz verwaltet, bis eines tages das anwesen nicht mehr zu halten war. nun musste meine mutter selbst in eine mietwohnung in unserem haus umziehen. der jüngere bruder lebt in einem alten, sanierungsbedürftigen haus am land, mit zehn oder mehr hunden um sich herum, in einer stillen, verträumten welt. hin und wieder bringt er einen roman heraus, meist mit schleppendem erfolg.
mich hat es hierhin in den westen verschlagen, ich will nicht behaupten, es wäre das letzte loch, aber die drohend nahen berge hier sind manchmal sehr beklemmend. als hilfspfarrer war ich vorgesehen für den ortsansässigen geistlichen. schon nach kurzer zeit ist er dann vor der sakristeitür zusammengesackt und war auf der stelle tot. das ist meine geschichte. aber sie wollen ja wissen, wie es weitergeht.«
nach einer halben zigarettenlänge fährt er fort:
»ilona hatte schon eine saison hier im dorf zugebracht, bevor ich eintraf. ich war sehr überrascht, sie hier zu treffen, hatte ich sie doch schon jahre nicht mehr gesehen.

auch hatte sie uns brüder nicht einmal vom tod unserer mutter rechtzeitig verständigt. hinterher bedaure ich sehr, mutter nicht mehr am sterbebett gesehen zu haben.« er macht eine pause, seufzt.
»unsere mutter musste ilona einiges über ihr leben in jungen jahren erzählt haben. über den mann, den sie am plattensee in siófok kennengelernt hatte und der offensichtlich mein vater war. sie hat ilona aufgetragen, das geheimnis um meinen leiblichen vater zu lüften, und hat ihr einen versiegelten brief für ihn mitgegeben.
dass ilona diese angelegenheit zu geld machen wollte, habe ich erst auf der fahrt in ihre enklave erfahren.
ilona erzählte mir von einem ring, den ihr die mutter überlassen hatte. diesen ring, sagte ilona, wollte sie zu geld machen. aber mir hat sie mit keiner silbe sagen wollen, wer nun mein vater ist, auch nicht als ich wirklich bei einem unserer gespräche im zug nach kopenhagen ernsthaft böse wurde.
natürlich hatte ilona ein schlechtes gewissen, das familienvermögen verludert zu haben, ja, regelrecht durchgebracht hat sie es, verschleudert. da blieb für meinen bruder nur mehr das baufällige gesindehaus übrig und für mich nichts, aber auch wirklich rein gar nichts.«
es ist eine pause eingetreten. viktor zündet sich die nächste zigarette an.
claire greift nach dem handy und hält es ans ohr.
zwölf zeigt die uhr am kirchturm, also noch genügend zeit bis zum termin im bergschlosshotel. am anderen ende meldet sich niemand.

»deshalb hat ilona sich geschworen, das vertane vermögen wieder zu beschaffen. deshalb war sie damals beim notar nicht eben zimperlich gewesen, als sie gerechtigkeit einforderte. deshalb hatte sie auch mehrfach versucht, männer zu erpressen, ihnen geld für ihr wissen herauszupressen. und so hat sie mir unlängst dreizehntausend euro gebracht. als erste wiedergutmachung dafür, dass ich leer ausgegangen bin, hat sie gemeint. dabei wusste sie nur zu genau, dass finanzielle zuwendungen die karriere auch eines priesters rasch befördern können. einen sitz in rom zu bekommen bedeutet, viele, aber vorzugsweise auch mehrere grössere erbschaften für die kirche vorweisen zu können. das hilft, den weiteren weg bei entscheidenden stellen zu ebnen.
woher das geld stammt, wollte sie nicht sagen, aber ich habe den eindruck, es war eine halbwegs seriöse quelle, die sich ihr aufgetan hat«, ergänzt er. claire kombiniert schnell, handelt es sich doch um das schweigegeld vom direktor des table dance-lokals.
»kürzlich, als sie nachts völlig verzweifelt, ausser sich vor angst, an meine tür hämmerte, habe ich gewusst, dass etwas schreckliches geschehen sein musste. sie hat erzählt, sie sei wieder auf eine wundersame geldquelle gestossen, als das temperament oder ihr übermut verrücktgespielt hatte, sie den mann über eine böschung hinunterbugsierte und er trotz längerer wartezeit nicht wieder auftauchte; da habe sie gemeint, sie habe ihn umgebracht, sich selbst wieder um eine geldquelle gebracht.
ich habe ihr zugeredet, sich zu stellen. die polizei zu rufen, zu schildern, wie es zugegangen ist. dann wäre ja auch

noch die hoffnung, auf totschlag zu plädieren, das würde helfen, die strafe wesentlich zu vermindern. aber sie war hysterisch, dann apathisch, liess sich erst beruhigen, als ich ihr versprach, sie sofort ins ausland zu bringen. und, meine liebe.«
er drückt dabei die zigarette aus,
»... ich hab sie noch in der gleichen nacht fortgebracht. es war eine marathonfahrt mit einem häuflein elend.
ich habe einiges an geld aus der kassa fürs messlesen mitgenommen, ilona war ohne gepäck, wir fuhren mit dem nachtzug von landeck über die landeshauptstadt direkt nach kopenhagen. sie werden verstehen, wenn ich aus reiner setimentalität den kassenbeleg vom noma mitgebracht habe. erstens war dies zu einem zeitpunkt, wo ich meine schwester schon gut untergebracht hatte, und zweitens: das noma hat heuer ganz neu begonnen mit einem neuen areal und neuen räumen, das noma 2.0. ich habe gute freunde in dänemark, die mir helfen konnten, meine schwester gut und sicher unterzubringen. es wird für sie ein neustart sein, ich kann versichern, man wird sie zeitlebens nicht finden, wenn nicht sie selbst sich verraten wird.
das habe ich gefeiert, mit einigen freunden, die mir dabei geholfen haben. in ebendiesem weltbesten restaurant der spitzenköche um rené redzepi haben wir gesessen. ich bin dann mit dem nachtzug wieder zurückgefahren.«
claire nickt. klingt alles sehr glaubhaft. kommt in den besten familien vor, die prostituierten und die priester.
»und aus welchem grund hat ilona den mann über eine böschungskante gestossen?«

viktor setzt wieder zum sprechen an, wird aber durch einen anruf am handy gestört. kurze anweisungen offenbar an den neuen kirchengehilfen, ein junger mesner?
»ich hab sie nicht nur einmal, sondern oft dazu befragt. in der ersten nacht hat sie panisch an ihre version geglaubt, sie habe ihn gestossen. allmählich hat sie auch erwogen, er könnte ausgerutscht sein, weil er vom wegrand nicht abgehen wollte. immer aber behauptet sie, er sei plötzlich, überraschend von der bildfläche verschwunden. mit dem abstand glaub ich auch selber eher an einen unfall.«
claire nickt, erklärt dem pfarrer dann eine andere version von der seriösen geldquelle und den motiven der tänzerin: »ilona hat dem chef vom herzadler geld abgenommen für die mitwisserschaft an der liebesaffäre seines frisch verheirateten direktors zu einer tänzerin, einer ihrer kolleginnen.« daraufhin habe er sie entlassen, fristlos.
»so viel zu den dreizehntausend euro.« gleichzeitig habe sie einen mann aus dem dorf erspresst, von dem sie gewusst habe, dass er einen unehelichen sohn gezeugt habe, von dem dieser bislang nichts wusste. da der sohn im öffentlichen dienst steht, war er nicht gerade begeistert von der idee, dass sie die geschichte publik macht. sie hatte ihm fotos gezeigt und einen ring, der als letztgültiger beweis für seine vaterschaft gelte. anfangs hat er sie nicht ernst genommen, mit der zeit habe sie immer mehr details preisgegeben, und in ebenjener nacht, das war die nacht der überstürzten abreise, hat sie ihm ein ultimatum gestellt.
»er ist dann gekommen, pünktlich zum verabredeten ort«, ergänzt der pfarrer die mutmassung von claire. »ein kuvert

in der hand schwenkend, das er siegessicher herzeigte. er hat ihr gesagt, er habe die vaterschaft bereits anerkannt in dem brief in diesem braunen kuvert. und dieser brief sei eine testamentserklärung, die er an den notar in landeck geschickt habe. also vom geforderten geld wolle er nichts mehr wissen nach seinem schriftlichen geständnis.
das war dann doch zu viel für ilona, die ihn in einem wutanfall – der mann war aus dem auto gestiegen und stand im schneegestöber rücklings am wegrand – packte, ihm das kuvert zu entreissen versuchte und ihn dabei vermutlich versehentlich über die steile böschung hinabstiess. ilona war mit einem bus des table dance-lokals gekommen, den sie trotz ihrer fristlosen kündigung vom hausmeister noch ausleihen konnte. treffpunkt war die berglhütte gewesen, ein bergrestaurant, das wöchentlich einmal für rodelpartien geöffnet hatte.
ilona hatte einen wüsten streit angezettelt, weil sie fürchtete, wieder nicht zu geld zu kommen. sie wartete ihrer erzählung nach eine halbe stunde, rief ständig nach ihm, traute sich aber nicht die steile böschung hinunter, aber er tauchte nicht wieder auf und so übermannte sie die panik, sie glaubte, sie habe ihn mit einem stoss in die tiefe befördert und damit getötet. nun kennen sie die ganze geschichte. verstehen sie, dass ich damit nicht nur einer armen sünderin, sondern meiner leiblichen schwester helfen musste? ich sehe dies als äusserst christliche tat an.«
»und weil sie befürchtet haben, ihre eigene schwester habe ihren leiblichen vater getötet!«, stellt claire fest. »das

hab ich erst nachher erfahren, dass es albert war«, wendet der pfarrer bestimmt ein.
»hat er davon gewusst, dass ihr geschwister seid?« pfarrer viktor hat die frage entweder überhört oder geht bewusst nicht darauf ein.
viktor fährt fort:
»sie hat mich angefleht, verzweifelt, hysterisch kreischend. ich hatte ziemliche mühe damit, sie so weit zu beruhigen, dass sie auf dem weg zum bahnhof nicht auffiel. die sache mit der vaterschaft hat sie mir erst bei der verabschiedung in kopenhagen gestanden. ich dachte, es wäre irgendeine spur, die sie zufällig entdeckt hat, dass dieser klägliche erpressungsversuch halt eine unglückliche wendung genommen hatte.
aber dass dies unmittelbar mit mir zusammenhing, das hat mich sehr betroffen gemacht. stellen sie sich vor«, sagt er mehr zu sich als zu seinem gegenüber, »man entdeckt den leiblichen vater in eben dem dorf, in dem man als priester arbeitet, und noch dazu ist er schon tot, möglicherweise getötet von der eigenen schwester. und ich leiste noch beihilfe, indem ich sie fortbringe!
ich bin mir inzwischen sicher, dass kein gericht der westlichen welt mich dafür belangen wird. nicht als bruder und nicht als priester.« claire legt ihren notizblock beiseite.
»beihilfe zum mord«, murmelt sie.
nach einem summenden geräusch aus der tasche wechselt sie schnell die kassette im empfangsgerät.
»ich könnte eine zigarette vertragen«, sagt sie. pfarrer viktor hat schnell einen glimmstängel aus der packung

genommen, ihn angezündet und ihr hingehalten. »und warum haben sie mir das nicht schon bei meinem ersten besuch erzählt?«
»weil ich priester bin und kein polizist und auch kein richter!«, ist die antwort. claire versucht, sich in die gedankenwelt ihres gegenübers zu versetzen.
»auf ihre frage von vorhin: nein, ilona hat sich nie bei albert als meine halbschwester geoutet. sie hat immer so getan, als wäre sie aussenstehend, wahrscheinlich wegen der versuchten erpressung.«
pause auf beiden seiten. es vergehen minuten, bis die zigaretten ausgelöscht werden.
»und ich habe inzwischen auch grund zur annahme, dass letzten endes nicht meine schwester albert getötet hat«, sagt der pfarrer. »kürzlich habe ich ein notizbuch des alten pfarrers gefunden, er hat offenbar ziemlich regelmässig eintragungen gemacht. ich hab seine notizensammlung in der sakristei der kirche gefunden, ziemlich raffiniert versteckt, samt einer schreibfeder und einem ausgetrockneten tintenfass.«
der pfarrer steht auf und geht auf einen stapel bücher zu, der sich auf einem piano türmt.
»mein lieber vorgänger hat in kurrentschrift geschrieben, die besonders für mich sehr mühsam zu entziffern ist.«
er nimmt ein schwarz gebundenes büchlein vom stapel, als würde diese geste seine aussage unterstreichen, legt es dann aber wieder zurück. claire hat verstanden. anstelle des notizbuches hat er den gedichtband des einheimischen poeten in der hand gehalten, von dem er geglaubt

hat, ihn bei ihrem letzten besuch entliehen zu haben. »ich hab die verwechslung auch erst später entdeckt«, meint claire wegen des peniblen ordnungssinnes des pfarrers. »das buch ihres vorgängers bleibt jedenfalls bei mir. «

»je öfter ich darüber nachdenke, umso besser passt da alles ins bild. ich habe den eindruck, dass es noch eine dunkle kraft im ort gibt, die eher für den tod des mesners in frage kommt als ilona. aber die ermittlungen dazu muss ich ihnen überlassen. mir geht es darum, in erster linie kein geheimnis auszuplaudern. aber ein rat noch: lernen sie kurrentschrift!«

»und wo ist ihre schwester jetzt?« claire fragt, obwohl sie damit rechnet, dass er ihre frage ziemlich naiv findet.

viktor lächelt gedehnt, dann genervt. »ich habe sie gut untergebracht. sie ist in einer kirchlichen institution eingebunden, wo sie nicht davonrennen kann. ausserdem hat sie mir versichert, ein neues leben beginnen zu wollen, ohne den ruf einer tänzerin, ja einer hure. jetzt hat sie gelegenheit dazu. und wenn sie nicht von dort flieht, werden wir sie nicht mehr finden.«

»was gab es im noma zu feiern? war ihnen zum feiern zumute, nachdem sie erfahren haben, dass der eigene vater getötet wurde?«

»ich war meinen freunden diese einladung schuldig, für den liebesdienst an meiner schwester sozusagen, dass sie mir derart geholfen haben, einem menschen eine neue chance zu geben. und dann habe ich auch persönlich danke gesagt mit diesem besuch in einem derart prominenten restau-

rant, vergleichbar mit einer wallfahrt nach einer guten tat. ich war natürlich geschockt, endlich zu erfahren, wer mein vater ist, und gleichzeitig, dass er womöglich tot ist, aber ich habe bei dieser gelegenheit damit abgeschlossen, nach meinen wurzeln zu suchen.
zu guter letzt muss ich ihnen auch noch berichten, dass der notar neuplatt aus landeck angerufen hat, um sich wegen der erbschaftsangelegenheit anzumelden. er war gestern hier und hat mir den brief gezeigt und vorgelesen, den albert ihm als entwurf für die änderung vorab geschickt hat.
dass er, albert, ilona damit wirklich einen schritt voraus war, erkläre ich mir damit, dass er bei ihrem treffen offenbar wirklich geblufft hat, um nicht wie ausgemacht zahlen zu müssen. dabei wäre die ganze sache doch leicht auszureden gewesen, wenn nicht er so störrisch darauf gepocht hätte, dass alles geheim bleiben müsse.
damit hat er wahrscheinlich selber die wendung des schicksals herbeigeführt, in dem er nicht manns genug war, eine begebenheit seiner jugendzeit rechtzeitig anzuerkennen.«
viktor blickt auf seine armbanduhr. »ich übergebe ihnen jetzt ein verschlossenes und versiegeltes kuvert zu ihren treuen händen, mit der bitte, dies ungeöffnet spätestens eine woche vor der nachlassverhandlung für albert beim notar neuplatt abzugeben. das kuvert enthält briefe und vermutlich fotos oder andere dokumente von meiner mutter und sie waren für albert bestimmt. ilona hätte die pflicht gehabt, sie bei ihm persönlich abzugeben. dass sie sich aber dann für erpressung entschied, tut mir aufrichtig leid.

der notar ist im übrigen davon unterrichtet, ich hab ihn über ihren heutigen besuch bei mir bereits in kenntnis gesetzt, er ist damit einverstanden, dass sie dieses noch fehlende beweisstück eigenhändig abgeben. achten sie darauf: das siegel ist intakt.«
nach einem neuerlichen blick auf seine armbanduhr: »es ist bereits zwei. kommen sie, ich fahre sie hin, dann werden wir nicht zu spät sein.« claire willigt ein, schaltet das aufnahmegerät aus und packt ihre utensilien zusammen, diesmal mit dem gedichtband, den ihr der pfarrer schmunzelnd wieder überreicht hat. das mondäne essen im bergschlosshotel ist ohne claire abgelaufen. er hat sie in seinem wagen mitgenommen in das bergschlosshotel, erzählt während der kurzen fahrt von seinem besuch im noma und schwärmt von den gaumengenüssen, die er dort erlebt hat.
claire beobachtet ihn, sinnt darüber nach, warum wohl der priester so gut gelaunt wirkt, obwohl es in seinem innern wahrscheinlich eher turbulent zugehen muss. seine selbstsicherheit mochte gespielt sein, denkt claire. in dieser welt der schönen und reichen aber tritt er ganz zielstrebig auf, so gelassen und locker, als wäre er völlig davon überzeugt, eine glänzende karriere in rom anzutreten. claire ist sich bewusst, dass dies eine der letzten gelegenheiten für sie an diesem ort bedeutet. schon bald würde sie unverrichteter dinge abreisen müssen, hat sie dem staat ja auch ein riesenloch ins budget geschlagen mit ihrem mondänen aufenthalt in einer suite im bergschlosshotel. und so ähnlich ist es dann auch gekommen:

der chef der polizei in landeck hat sich kurzerhand aus seiner enklave befreit und zurückgemeldet, man vermutet, nicht ohne zutun eines wichtigen herrn aus dem dorf, um die junge ermittlerin zurückzupfeifen, nachdem sie einigen wirbel angerichtet hat. jedenfalls ist sein machtwort ein ernstes und claire muss auf der stelle, noch vor dem einbruch der nächsten nacht, aus dem tal zurück sein. mitsamt ihrer garderobe am rücksitz des wagens landet sie am posten von landeck.
»wir haben keinen wirklichen tatverdächtigen. zumal der pfarrer alles auf seine verpflichtung zur einhaltung des beichtgeheimnisses schiebt. die schwester des pfarrers, die tänzerin ilona, wird zur fahndung ausgeschrieben, aber die chance, dass sie ausgeliefert wird, ist sehr gering. zudem, wenn sie wirklich in kirchlichen institutionen untergebracht ist, wird man sie auch nicht finden, das haben schon andere fälle gezeigt«, poltert der polizeikommandant.
»was die arbeit von claire anlangt: wir schweigen darüber. sie ist noch sehr jung, musste allein arbeiten, aus mangel an personal. aber das werden wir der presse gegenüber schon entsprechend formulieren, das bekomm ich hin. schwamm drüber, alles zu den akten, und wir stecken claire in den innendienst.«

kapitel 13

der frühling ist zurück, ostern ist heuer weder früh noch spät. das abschlusskonzert der saison, jährlich veranstaltet von den bergbahnen im schigebiet, war wieder ein voller erfolg. für clemens, den gemeindesekretär, hat es wieder ein foto zusammen mit dem weiblichen star gegeben, die bilderwand im gemeindeamt erhält zuwachs. es hat oben in den bergen noch einmal geschneit, während die wiesen im tal intensives grün ansetzen. die gäste verlassen das dorf, talauswärts haben die betriebe bereits geschlossen. mit den rot- und rehwildabschüssen kann in kürze begonnen werden. kein sport für die masse, aber ein sicheres geschäft für heimische betriebe rund um ihre betuchte klientel aus dem in- und ausland. das ist die zeit, die von den meisten hotels dazu genutzt wird, ihre häuser umzubauen, zu erweitern, zu renovieren, während andere, nur eine handverlesene zahl exquisiter häuser, ihre betriebe durchgehend geöffnet halten, eben für eine kleine schar erlesener jagdgäste.
der tourismuschef ist mit sich zufrieden, hat er doch über eine grandiose saison mit einem satten nächtigungsplus berichten können. und überhaupt läuft es bei ihm gut, denkt er bei sich. auch hat er ziemlich erfolgreich die junge ermittlerin aus landeck zurückpfeifen können, ohne sich persönlich hinauslehnen zu müssen. wie unangenehm es doch mitten in der saison war, mit ansehen zu müssen, wie eine junge polizistin herumstochert, wobei es doch überhaupt keine rolle spielt, wie der alte kauz letzten

endes gestorben ist. zudem war es ja nicht förderlich, wenn neben den gästen in einem mordfall ermittelt wird. da ist es höchste zeit, den landecker chef der polizei aus seinem urlaub oder von woher auch immer zurückzuholen, um mit seinem machtwort endlich wieder ruhe im dorf herzustellen. die guten nächtigungszahlen werden auch seinem schwager, dem bürgermeister, wieder glück und erfolg sichern, stehen doch heuer im herbst neuwahlen ins haus. nicht zuletzt dieser herausforderung wegen hat der freund für den anderen mitgedacht und reagiert.
zufrieden mit sich und der welt sitzt er im morgengrauen auf der pirsch im wald nahe der baumgrenze. er ist allein, hat seinen wagen etwas unterhalb stehen gelassen und ärgert sich gerade über den hund eines jagdkollegen, der ein stück weit unterhalb bellt. es ist arco, der hund von clemens, dem gemeindesekretär, der sich in dieser nacht aufgemacht hat, sich an einen auerhahn heranzupirschen. adolf, der tourismuschef, sieht auf seine uhr. es ist sechs uhr dreissig, viel zu spät, um einem solchen vogel aufzulauern. es wird heute ein frühstück geben in der jägerhütte. clemens hat die jäger wie gewohnt zum auftakt der jagdsaison eingeladen.
dieser clemens, denkt adolf: ein gegner seines schwagers, des bürgermeisters, ein streber! lebt auf ziemlich grossem fuss, der junge mann! denkt, er sitzt bereits im chefsessel der gemeinde!
der tourismuschef packt seine sachen zusammen, sichert das gewehr, nimmt das glas von der halterung und verstaut alles in seiner grossen tasche. es knackt im unter-

holz; und als er sein versteck verlässt, ärgert er sich über seine unvorsichtigkeit, wohl fürchtend, dass er von diesem platz aus morgen nicht mehr ansitzen würde können, weil die tiere sich solche geräusche merken und genau diese orte dann künftig meiden. adolf, der passionierte jäger mit grosser leibesfülle, ist kurzatmig, die füsse machen ihm zu schaffen wegen seiner schwächelnden kondition. es ist noch halb dunkel, als er das auto erreicht, und er lässt es ein stück weit rollen, bevor der motor anspringt. eine schlechte angewohnheit, eine überflüssige, aber auch nicht ganz ungefährliche vorsichtsmassnahme im wald. bei der jägerhütte angekommen, muss er etwas unterhalb der hütte parken. einige fahrzeuge sind bereits abgestellt. »eine pflichtübung, keine kür«, seufzt adolf und schwingt sich aus dem wagen. der hund arco hat sich in seine hütte verdrückt. bellt nicht einmal, als adolf vorbeigeht, etwas stoffartiges hängt heraus, sodass er noch einmal ein paar schritte zurückgeht und in die öffnung der hundehütte blickt. arco ist damit beschäftigt, eine jacke, wie jäger sie tragen, zu zerbeissen. wegnehmen kommt nicht in frage, dafür hat er einen heidenrespekt vor dem tier, also wird es wohl eine alte jacke sein, man hat ihm erlaubt, sie zu zerreissen.
in der hütte werden die geladenen jäger begrüsst: der seilbahnchef, der bürgermeister, der wirt vom gasthof vorderwirt, der hotelier vom herzadler, seiner verbindungen halber immer wieder eingeladen und überall dabei, dann die brüder tschallener und ein gast vom herzadler im bergschlosshotel, ein holländischer grossindustrieller.

das frühstück tut gut, es gibt herzhafte eierspeisen mit gemüse, schinken und käse. auch frisches bauernbrot duftet zum empfang. clemens schenkt einen selber gebrannten schnaps aus. am herd wird der filterkaffee gewärmt.
die jacke in der hundehütte von arco fällt ihm kurz ein, adolf blickt in die runde. alle anwesenden haben ihre eigene jacke, und zwar am leib, selbst clemens trägt seine, obschon er mit den gästen gehörig ins schwitzen kommt, beim heutigen auftakt zur jagdsaison.
die jägerhütte wird von den jägern dieser jagdgenossenschaft rege genutzt. sie liegt auf der schattseite des tals auf einer kleinen lichtung.
für mehrtägige jagden dient sie auch als unterkunft für die nacht, deshalb ist sie mit einem holzbefeuerten herd ausgestattet, der nicht nur für die beheizung der hütte gebaut ist.
eine hölzerne latrine ist etwas abseits der hütte aufgestellt. frischwasser gibt es vom brunnen vor der tür. warmes wasser wird erwärmt und aufgekocht. sogar im winter kann die hütte genutzt werden. dabei wird eis aufgetaut oder frisches trinkwasser wird in kanistern mitgebracht. die zufahrt im winter ermöglichen snowmobile, nur ganz wenige kommen zu fuss herauf. meist aber steht die hütte im winter leer und wird erst wieder ab der neuen jagdsaison im frühling aufgesperrt. clemens, der gemeindesekretär, hat hier eine art hausherrenfunktion, seit er vor einigen jahren die jagdaufseherprüfung abgelegt hat. im herbst sind auch die jäger von der jagd des barons eingeladen, die im anschliessenden revier jagen.

der baron selbst war nur einmal hier, hat auch brav einen ‚selberbrennten' in einem zuge ausgetrunken, ohne dabei eine miene zu verziehen.
einmal im jahr wird bei der versammlung des jagdverbandes im herzadler penibel vereinbart, wer wann und welche abschüsse erledigt, wer die hütte benützt und wie viel dafür an barem abzugeben ist. dies alles verwaltet clemens, der sich sehr um alle möglichen belange in seinem amt und ausserhalb in allen möglichen vereinen, speziell aber, ja geradezu aufopfernd, um »sein« jagdrevier kümmert.

korbinian ist im jagdgebiet unterwegs mit dem aufsichtsjäger, der ganzjährig als berufsjäger für das revier des barons zuständig ist. nach dem tod von albert, dem mesner, hat er die rolle des zweiten aufsichtsjägers in diesem revier angeboten bekommen. im beileidsschreiben des barons, das an korbinian gerichtet war, bat er korbinian händeringend um die übernahme der frei gewordenen stelle.
es war auch der baron, der das grabkreuz beim schmied mozart in auftrag gegeben hat.
ein zweiter aufsichtsjäger ist wegen der grösse des jagdreviers verpflichtend vorgeschrieben, ist zwar finanziell für den zweiten mann nicht sehr lukrativ, aber als nebenjob leicht zu bewerkstelligen, und hat daneben den vorteil, dass damit ein anrecht auf einige abschüsse verbrieft ist. korbinian, sehr gerührt über den wunsch des barons, hat auch gleich geantwortet und gern zugesagt. mit dem

aufsichtsjäger, einem jugendfreund von albert, versteht er sich gut. gemeinsam fahren sie im dienstwagen von der frühmorgendlichen pirsch knapp an der baumgrenze hinunter und müssen an diesem tag auch den bestand des rotwildes im revier neu aufnehmen. der alte berufsjäger weiss fast auf das stück genau, wie viel wild in seinem revier steht. es kommt schon vor, dass die herden auf die angrenzenden reviere wechseln, das ist aber meist nur für eine kurze zeit. vor allem weiss er, wo das wild steht, und führt korbinian zu den unterständen.

es ist kurz vor mittag, als der alte aufsichtsjäger auf seine uhr zeigt und mit einer unmissverständlichen geste auf seinen magen deutet.

»die innere stimme sagt, es ist zeit zum mittagessen«, unterstreicht er seinen hunger. also machen sich die männer mit ihrem defender auf in richtung tal. das jagdhaus des barons steht in einer waldlichtung am dorfrand, mit einer langen, aber unscheinbaren zufahrt über einen kiesweg eröffnet sich dem besucher die schöne villa.

das jagdrevier grenzt westlich an das jagdgebiet des herzadler-reviers, der fahrweg zur anlieferung von heu und getreide zur winterlichen fütterung wird über eine lange strecke von beiden revieren genutzt. oberhalb der jägerhütte des herzadler-reviers teilt sich dann der weg für beide jagden und endet oberhalb der baumgrenze.

der alte aufsichtsjäger schwärmt am weg ins tal von den wunderbaren knödeln, die von der haushälterin heute gemacht werden, und lädt korbinian zum mittagessen ein. »es ist tradition, dass beide aufsichtsjäger zum auf-

takt der jagdsaison im jagdhaus essen, das hat auch dein patenonkel immer so gehalten«, meint er. korbinian ist einverstanden, er hat heute dienstfrei.
sie kommen zur abzweigung und zur jägerhütte, die jetzt verlassen ist. der alte aufsichtsjäger verringert das tempo, zeigt auf die autospuren, die wohl vom auftaktsfrühstück herrühren müssen, und dann auf die hundehütte, wo ein stück stoff von einer jacke, ein ärmel, heraushängt. »hat der arco, der hund vom gemeindesekretär, eine jacke zerrissen?« korbinian wertet diese frage als aufforderung nachzuschauen, drückt schon die wagentür auf. gleichzeitig dämmert es ihm, es könnte doch eine prüfung vom alten aufsichtsjäger sein, der wissen will, wie weit es mit dem mut des jungen jägers steht. kurz schmunzelt er, bevor er einen fuss auf den boden setzt. knapp nachdem der wagen wirklich anhält, schwingt er sich aus dem auto und geht mit festen schritten auf die hütte zu. wenn der hund da ist, wird er jetzt auf ihn zuschiessen. korbinian hat keine angst, er kennt das tier, es würde ihn nicht behelligen. die hundehütte ist leer. er zieht ein stück stoff aus der hütte, das noch nicht völlig zerbissen ist. im inneren liegen die reste auf einem haufen. er betrachtet das stück stoff, will es schon wieder zurückwerfen, stutzt. »es war auf jeden fall einmal eine herrenjacke, ich würde sagen, so eine, wie albert sie immer getragen hat«, murmelt er. grauer filz und grüne, angenähte borten. jedenfalls die jacke eines älteren mannes. »da wird sie wohl einem von den gästen fehlen, die heute geladen waren«, murmelt er, mehr für sich. korbinian wirft das stoffstück auf den hinteren sitz

zu seinem rucksack. er wird sich später darum kümmern, das stoffstück entsorgen, spätestens im jagdhaus des barons wird sich ein mülleimer finden.

kapitel 14

korbinian hat lange überlegt, wie er vorgehen könnte, um die für ihn so dringenden fragen zum tod alberts zu beantworten. dass der pfarrer seiner halbschwester beigestanden ist, ist menschlich verständlich. ob diese handlung als beihilfe zu vertuschung und verschleierung von straftaten gewertet werden muss, hängt von einem richterspruch ab. bislang ist aber keine anklage erhoben und die staatsanwaltschaft auch nicht eingeschaltet worden. zudem werden noch gutachten eingeholt werden müssen, was die todeszeit und die todesursache betrifft. nach dem überraschenden rückpfiff der ermittelnden beamtin claire gilt der fall als zu den akten gelegt. für die bevölkerung im tal ist der lawinentod von albert ein missgeschick, ein schicksalsschlag, im beginnenden frühjahr nur noch für die statistik in erinnerung. nur einige wenige bewohner des dorfes glauben noch an einen gewaltsamen tod, gelten als anhänger einer verschwörungstheorie. von seiten der polizei kommt weder eine stellungnahme noch die ankündigung einer weiteren recherche. so droht dem fall das schicksal des vergessens.
vor einigen tagen hat er in der hundehütte von arco oben bei der jägerhütte einen stofffetzen, den rest einer jacke gefunden. erstens sind die braunen flecken auf dem stoff höchstwahrscheinlich blutspuren, zweitens deutet das futter der jacke sehr darauf hin, dass die jacke dem lawinenopfer albert gehört hat, da ist sich korbinian sicher. das ist auch der grund, warum er den stoff dann doch

nicht im jagdhaus des barons entsorgt hat, weil ihm dieses muster vom futter plötzlich so bekannt vorgekommen ist. es wäre ja möglich, dass albert die jacke während der talfahrt in der lawine verloren und arco die jacke nach dem ausapern im frühjahr im gelände gefunden hat. um dies zu untersuchen, muss er mit claire sprechen, zudem braucht er einen neuen anknüpfungspunkt, hat er doch die so romantische erstphase einer aufkeimenden beziehung zu sehr vernachlässigt, weil er seine freizeit in die vorbereitung zur prüfung als aufsichtsjäger mit wöchentlichen kursabenden in der landeshauptstadt gesteckt hat. sie ist auf geheimnisvolle art und weise und ganz plötzlich zurückbeordert worden und muss nun im innendienst arbeiten.
eine andere sache sind die vorverhandlungen zum nachlass von albert beim notar neuplatt in landeck.
clemens und der pfarrer viktor sind bereits im vorfeld darüber informiert worden, welche immobilien ihnen zugedacht sind. sie sollten nach reiflicher überlegung kundtun, ob sie das erbe annehmen. für korbinian ist das erbe der liegenschaft mit der schnitzerwerkstatt vorgesehen, samt einem landwirtschaftlichen gebäude, stall und stadel gegenüber von alberts wohnhaus.
das verhältnis zwischen clemens und viktor ist vorsichtig verhalten. die umstände, die sie als verwandte zusammengeführt hat, sind auch für beide überraschend gekommen. clemens hat auf erste versuche der verständigung nicht reagiert, erst als sich die wirtin vom herzadler vermittelnd eingeschalten hat, sind einige treffen zustande

gekommen. in der erbschaftsangelegenheit selber aber gibt es keine differenzen, wie man hört.
dass die schwester des pfarrers aus der schusslinie genommen wurde, zudem von ihrem bruder, letztlich aber nicht als hauptverdächtige in frage kommt, stützt sich nur auf die eidesstattliche aussage des pfarrers. er wisse, wer albert auf dem gewissen hat, darf aber wegen des beichtgeheimnisses nicht aussagen.
korbinian darf wegen der nähe zu albert, nicht zuletzt wegen der jahrelangen bekanntschaft den fall nicht selbständig weiterbetreiben. die polizeiliche ermittlerin claire ist mitten aus ihrer arbeit herausgerissen und als strassenpolizistin in landeck eingesetzt worden. korbinian denkt zu wissen, wie auch mancher im dorf, dass entweder der hotelier des herzadlers oder der tourismuschef dabei die hände im spiel gehabt hat. manchmal vermutet er dahinter auch seinen jugendfreund clemens.
die ungelöste geschichte mit dem tod seines patenonkels albert hat korbinian aber nie losgelassen. auch als alpinpolizist hat er immer wieder mit kriminalfällen zu tun. wenn es darum geht nachzuweisen, ob beim plötzlichen absturz über einen berggrat vielleicht vom eigenen ehepartner nachgeholfen wurde, muss er selbständig nachforschen und ist auch des öfteren schon den tätern hinter die schliche gekommen. die vorladung zur vorbesprechung beim notar neuplatt hat korbinian dann auch genützt, sich der grundbuchsauszüge intensiver anzunehmen, die seiner angedeuteten erbschaft zugrunde liegen.

der notar hat sich sehr viel zeit dafür genommen, korbinian das wesen von grundbuchsblättern verständlich zu machen. besonders die eintragungen in die belastungsblätter haben manche offenbarung zum vorschein gebracht.
er hat auch nicht gewusst, dass albert immer wieder, besonders in den letzten beiden jahren, rechte an seinen grundstücken abgetreten hat, für alle möglichen leute aus dem dorf. da wurden durchfahrtsrechte erteilt, rechte für die überbauung mit leitungen, kanälen, sogar rechte für die nutzung als schitrasse waren dabei. korbinian hat jahrelang miterlebt, wie viele dorfbewohner seinen patenonkel bekniet haben, aber er ist sich sicher, dass albert, bekannt als stur und unzugänglich, nie nachgegeben hat.
der notar neuplatt hat ihm geraten, claire für weitere nachforschungen zu gewinnen. mit einem augenzwinkern hat er zu verstehen gegeben, dass er selbst beim begräbnis von albert die eindeutigen blicke der beiden bemerkt hat.
so überlegt korbinian, wie er den mysteriösen tod von albert doch noch aufklären könnte, um den mörder, der noch frei herumläuft, endlich zu stellen.
dass er damals den brief an den notar, den er dem toten patenonkel abgenommen hat, fälschlicherweise als original angesehen hat, war ein fataler fehler, hat er doch geglaubt, alle spuren zu verwischen, indem er die schriftstücke verbrannt hat. mit dieser aktion wollte er in einer plötzlichen anwandlung seinen jugendfreund clemens schützen, damit nicht publik wird, dass ein weiterer erbe an dessen glück nagt. dummerweise hat er aber damals nicht erwogen, dass dem pfarrer dies bereits bekannt war,

und erst recht nicht, dass es claire sein würde, die dies auch prompt herausgefunden hat.
glücklicherweise hat aber nie jemand davon erfahren!
das missgeschick mit dem handy im auto vom bürgermeister war peinlich, aber er hat es durch sein geständnis bei claire geschickt hingebogen. entschuldigt beim bürgermeister aber hat er sich nie.
so betrachtet muss korbinian selbst ziemlich verdächtig gewirkt haben, zumindest in der zeit der ermittlungen durch claire im letzten winter, die alle indizien in ihrer verliebtheit wohl verworfen hat.
korbinian jedenfalls ist, seit die geschichte mit ilona bekannt geworden war, recht enttäuscht von den frauen, zumindest den ausländischen, hat sich auch bei claire nur mehr vereinzelt gemeldet. umso erstaunter ist sie, als sie einen anruf von korbinian auf ihrem handy entdeckt, den sie versäumt hat. sie braucht ihrerseits tage, sich endlich zu entschliessen, ihn zurückzurufen.
korbinian hält sich am telefon recht kurz, tut aber geheimnisvoll, will sie sehen und ihr bei einem treffen in landeck neues und interessantes berichten.
er hat ein café mit einem schönen blick über die stadt als treffpunkt ausgewählt, sitzt in der panoramaecke und wartet auf claire, die in zivil erscheint und sich suchend nach ihm umsieht. mit ihren braunen haaren, sie trägt sie in ihrer freizeit offen, gelten die verstohlenen blicke der männer im café ihrem auftritt.
korbinian erzählt über die nachlassverhandlungen beim notar neuplatt.

»die schlussverhandlung ist auf sommerbeginn anberaumt.«
er erzählt über den nebenjob als aufsichtsjäger im jagdrevier des barons, über die bestandene prüfung als aufsichtsjäger, quasi als entschuldigung und ausrede für sein langes schweigen, übergibt ihr ein plastiksackerl mit einem zerfetzten stoffrest.
die schilderungen nehmen sie so gefangen, dass sie sich ganz unbewusst in diesem nichtraucherlokal eine zigarette anzündet. sofort weckt das die blicke der weiblichen gäste im umfeld, recht verlegen sucht sie nach einem aschenbecher und findet schliesslich die möglichkeit, den glimmstängel in einem blumentopf am fenster zu entsorgen.

korbinian hat sie gebeten, den stoffrest untersuchen zu lassen. die flecken deuten auf blut hin, möglicherweise auf das blut von albert. seine vermutung ist es, dass dies der rock des patenonkels gewesen sein könnte. das schliesst er aus dem schwarzen seidenfutter. angeblich war das futter aus dem stoff für das hochzeitskleid der grossmutter von albert genommen. damals hatten die frauen noch in schwarz geheiratet. korbinian hat ihr auch über den fundort, die hundehütte bei der jägerhütte, berichtet.
»vermutlich hat der hund die jacke gefunden und sie als beute in die hütte gebracht, wahrscheinlich unentdeckt von seinem besitzer«, meint er, aus sorge, es könnte ein leiser verdacht auch seinen jugendfreund clemens treffen.
claire ist wenig entzückt über diese aufgedrängte bitte,

sie ist ja auch keineswegs befugt, weiter an diesem fall zu arbeiten. ihr vorgesetzter hat ihr unmissverständlich erklärt, dass dieser fall zu den akten kommen wird, zumindest bis ein fahndungserfolg für die ergreifung der verdächtigten täterin, der ungarischen tänzerin ilona, vorliegt. korbinian berichtet auch von den eigenartigen zugeständnissen alberts an alle möglichen leute in den letzten zwei jahren. nicht dass er dazu eine frage äusserte oder damit eine bitte verbunden war. es hat ihn einfach seltsam berührt, dass albert doch nicht so stur gewesen ist, wie er sich nach aussen gezeigt hat.
claire vertraut sich ihrem kollegen max auf dem polizeiposten landeck an, der sie schon im winter in der zeit ihrer ermittlungen unterstützt hat. zur überprüfung der stoffreste meint er, das sei kein problem, er werde in innsbruck bei der forensik anrufen und anmerken, dass dazu noch kein konkreter fall vorliege, dass es sich vielmehr um einen verdacht handle, der durchaus auch im sand verlaufen könne.
»die rechte, die im grundbuch eingetragen sind, sind hieb- und stichfest!«
claire ist froh, dass sie damit keine weiteren sorgen hat, sie möchte korbinian gerne helfen, trotzdem aber nur ungern illegal weiterermitteln. die stoffreste werden per dienstauto in die landeshauptstadt gebracht, zusammen mit einem ganzen koffer voll von fundstücken, die auch untersucht werden sollen. im polizeirevier hat sich im letzten monat allerhand angesammelt, das fragen aufwirft und auf aufklärung wartet. claire hat ein beweisstück

beigesteuert, von dem sie selbst korbinian bislang noch nichts geflüstert hat: ein stück von einem strick, etwa eineinhalb meter lang, mit einem dickeren und einem dünneren ende, ein sechserstrick, wie die bauern im dorf dazu sagen.
»ja, es ist menschenblut auf beiden beweisstücken, identische blutgruppe«, kommt das ergebnis aus der forensik. max greift zum telefon, will dazu noch mehr wissen. er wünscht eine abklärung mit dem untersuchten leichnam von albert.
die beamten in der forensik mögen es nicht gern, wenn die aufträge nur scheibchenweise kommen, deshalb gibt es auch postwendend eine rüge. max versteht es jedoch blendend, sie zu beschwichtigen, und erreicht eine weitere unauffällige untersuchung, nicht nur weil er verspricht, bei nächster gelegenheit einen selbergebrannten mitzuschicken.

die antwort kommt innerhalb von drei tagen: ja, das blut stammt von albert w. max informiert claire, sie gibt es postwendend weiter an korbinian, der die gelegenheit nutzt, die inzwischen ausgeaperte lawinentrasse nach weiteren beweisen abzusuchen.
»jetzt brauchen wir einen plan«, schickt claire ein whatsapp an korbinian.

kapitel 15 **donnerstag, freitag**

das wochenende ist lang, ein feiertag fällt auf donnerstag. freitag ist damit ein fenstertag. der nächste dienst ist erst wieder am montag anzutreten. claire ist schon mittwochabend zu korbinian ins dorf gefahren. dass der erste abend nicht so wie geplant verlaufen ist, liegt wohl daran, dass eine trennung ungeahnt beflügelt. nach einer heissen nacht trotz aller strengen vorsätze von claire wird eine neue strategie besprochen. einig sind sich beide, dass ein erneutes auftreten von claire argwohn hervorrufen könnte, weil der draht der informanten im dorf zum polizeikommandanten des landecker revieres sehr kurz ist. claire erzählt, dass der chef wieder rückfällig geworden ist und er sich einer weiteren kur unterziehen muss, diesmal verschlägt es ihn in das steirerland, unweit der weinbaugebiete. jedenfalls müssen sie schnell arbeiten. mögicherweise haben sie nur dieses eine wochenende. max im landecker revier ist instruiert, er wird alles versuchen, bei einer intervention des chefs, falls er wind bekommt, die richtigen stecker zu ziehen, damit nicht ein chaos entsteht. aber natürlich kann er im ernstfall auch nicht alles verhindern. wer weiss, wie sich verdächtige aus der schlinge ziehen?

claire hat aber einen klaren plan im kopf. je mehr sie darüber nachdenkt, umso wahrscheinlicher ist es für sie, auf diese art gewissheit zu erhalten, ob auch alles rechtens zugegangen ist. allerdings hat der plan einen haken,

wird doch ein einbruch unumgänglich notwendig sein: claire erzählt korbinian von ihrem plan. er ist gar nicht begeistert, weil ein scheitern eine grosse blamage für beide darstellen würde und die tat ja auch strafrechtlich geahndet werden müsste. und trotzdem: es muss getan werden, wenn sie gewissheit haben wollen. der örtliche legalisator ist krank und clemens wollen sie unter keinen umständen in diese sache hineinziehen.
sie werden also in das gemeindeamt einbrechen und das büro von eugen h., dem legalisator, der seine aufgabe, die legitimation von unterschriften, anstelle und mangels anwesenheit eines notars vorwiegend in seiner dienstzeit ausübt, durchsuchen. ziel ist es, herauszufinden, ob alle verträge zwischen albert w. und den begünstigten, die inzwischen im grundbuch verankert sind, auch in das legationsbuch eingetragen sind. die idee dazu hat der notar neuplatt kürzlich geliefert, als claire ihn noch einmal besucht hat, um etwas über die entstehung der eintragungen von rechten in das grundbuch zu erfahren. umständlich wie immer redet er sehr weitschweifig.
claire vermutet mittlerweile, dass neuplatt auch ohne brille recht gut sehen kann. das zwanghafte auf- und absetzen aber nützt er dazu, sein gegenüber zu irritieren. »je mehr ihr der herr notar zum thema ‚eintragung ins grundbuch' erklärt, umso gruseliger wird seine these, dass nur dann ein missbrauch nachzuweisen ist, wenn die eingaben zwar legalisiert sind, aber dafür ein eintrag ins legationsbuch fehlt oder nicht übereinstimmt. was natürlich darauf hinweist, dass hier im vorfeld schon etwas

illegal gelaufen sein könnte. der notar ist ein verhinderter kriminologe«, schmunzelt claire.
»das gebäude der gemeindeverwaltung ist ganz neu, die fenster sind dicht und einbruchsicher«, gibt korbinian zu bedenken, der sich mit der idee eines einbruches nicht so ohne weiteres anfreunden kann. sie diskutieren einige möglichkeiten durch.
dass ihnen einige fälle von einbrüchen und methoden bekannt sind, hilft ihnen aber auch nicht gerade weiter. einen profi, sprich spezi,
können sie nicht fragen. die sitzen im moment alle im gefängnis, also müssen sie sich darauf verlassen, was ihnen als zielsicherste methode selbst einfällt. zudem ist am heutigen feiertag auch das gemeindeamt geschlossen. viel zeit bleibt also nicht.
korbinian skizziert schliesslich die vorgangsweise: »wir werden uns den feuerwehrschlüssel holen und den schlüsseltresor am eingang zum gemeindeamt öffnen. dann spazieren wir seelenruhig hinein und nach einer halben stunde wieder hinaus.«
»also zwei einbrüche in einer nacht«, sagt claire, ihre wangen sind rot vor aufregung.
»jedenfalls bekomme ich den schlüssel über den feuerwehrhauptmann tschallener, den hauptmann muss ich mit einem fadenscheinigen grund in den wald schicken, dann schalten wir die möglichkeit aus, dass er uns im einsatzzentrum überrascht.«
und das alles, weil der legalisator eugen h. im krankenhaus liegt, mit einer vergiftung angeblich, wo doch im

moment noch keine pilzsaison ist! wäre er im amt, könnte claire einfach hingehen, ihren ausweis vorlegen und in die bücher einsicht nehmen.

korbinian tippt abends um acht auf seinem handy, schickt eine nachricht an den feuerwehrhauptmann. »das wird ihn sicher aus der schusslinie bringen«, sagt er lächelnd. »hab ihm gemeldet, ein freilaufender hund sei oberhalb der jägerhütte gesehen worden. wie ich ihn kenne, wird er schnurstracks hinfahren, weil er fürchtet, der hund könnte in seinem gebiet wildern. ziemlich sicher ist auch sein zwillingsbruder dabei, wenn er ausrückt.«
korbinian und claire fahren bei einbruch der dunkelheit etwas oberhalb des dorfes im alten geländewagen von albert. sie sehen auch schon die lichter des fahrzeuges der tschallenerbrüder im wald verschwinden. »es geht los.«

korbinian hat einen schlüssel für das einsatzzentrum. sie versuchen es jedoch vorsichtshalber an einer nebentüre an der rückseite des gebäudes, die zum hang hin im dunklen liegt und sich nach aussen öffnet. ein zugang über den haupteingang wäre eher auffällig. er weiss, dass hier die türen elektronisch überwacht werden und damit jede bewegung nachverfolgt werden kann. tatsächlich, die hintertür muss nicht einmal aufgesperrt werden, sie ist nur angelehnt, ein holzkeil ist untergeschoben. korbinian meint, das sei auch im alten einsatzzentrum schon so gewesen, und solche gewohnheiten sterben eben nicht aus.

»im einsatz- und im ernstfall nämlich dauert der zugang über die haupttür und den windfang etwas zu lange, weil die verteilung in die einzelnen bereiche wieder über verschiedene türen zu bewältigen ist, meist mit schlüsseln oder über die eingabe eines codes«, erklärt korbinian.
dafür haben sich die männer der feuerwehrler also den schnellen zugang in ihr refugium mittels keil gesichert und damit der technik ein schnippchen geschlagen.
korbinian dreht sich um, es ist ihnen niemand gefolgt, die überwachungskamera an der hausecke haben sie flugs überlistet.
im nu ist er am schreibtisch vom feuerwehrhauptmann tschallener, weiss, dass in der dritten lade von oben der begehrte schlüssel liegt, der alle tresore öffnet, wo für den brandfall ein schlüssel des hauses geparkt ist. statt nur einem schlüssel sind gleich drei an einem ring. das kommt davon, dass der hauptmann sein neues refugium noch nicht vollständig im griff hat. korbinian löst den ring und steckt einen schlüssel ein. sekunden später sind sie auch schon wieder draussen. »den verlust wird er nicht gleich bemerken«, meint er. »ich kann ihn seelenruhig nächste woche wieder zurückbringen.«
claire zieht korbinian heftig an sich, als sie um die ecke biegen, im lichtschein einer strassenlaterne. ein wagen fährt vorbei. es soll aussehen, als wären sie ein liebespaar mit romantischen anwandlungen unter der laterne. und korbinian hat schnell kapiert, nützt die gelegenheit und hält seinerseits seine schöne berufskollegin fest, länger als es für das schauspiel nötig ist.

mit dem schlüssel bewaffnet – die rolle des liebespaares gefällt ihnen bald sehr gut und ist nicht nur gespielt – ziehen sie zum eingang des gemeindeamtes. er steht mit dem rücken zur strasse. claire, an die wand gelehnt, dreht sich dann schnell um und versucht, den wandtresor neben dem eingang zu öffnen. tatsächlich befindet sich dort ein zylinderschlüssel. da der schlüssel auch ein generalschlüssel ist, wird ein etwas abseits gelegener zugang ausgeforscht.
jetzt gilt es, das richtige büro zu finden, glücklicherweise sind die türen alle unversperrt. beide halten kurz den atem an, als sie das büro von eugen hinterholzer betreten. der erste blick fällt auf den riesigen tresorschrank. »lieber gott, lass das buch nicht im schrank sein«, betet claire, und in der nächsten schrecksekunde: »und auch nicht bei ihm zu hause!«
claire knipst die taschenlampe an, immer darauf bedacht, dass der schein von aussen nicht wahrgenommen werden kann. korbinian tritt ans fenster und gibt entwarnung. das gebäude liegt hoch über der ganz weit unten vorbeiführenden umfahrungsstrasse, auch am hang gegenüber ist weit und breit nichts bebaut.
claire geht zum wandverbau an der rückwand des arbeitsplatzes, holt zielsicher ein dickes, schweres, ledergebundenes buch aus seiner lade, atmet auf, legt es geöffnet auf eine ablage, blättert eilig und zückt ihr handy. der eingestellte kamerablitz erhellt den raum für bruchteile von sekunden. claire drückt ab, blättert einige seiten vor und zurück, fotografiert vorsichtshalber jede seite nochmals,

nacheinander, bis die handschriftlichen einträge – sorgsam ist jeder einzelne akt mit einem lineal unterstrichen – einige jahre zurückliegen.
»die arbeit ist getan, wir können wieder verschwinden«, meldet sie. selbst im dunkel des raumes glaubt korbinian ihre roten wangen zu erkennen.
den hausschlüssel in den tresor zurückzubringen gestaltet sich schwieriger als angenommen, weil autos vorbeifahren und die beiden nicht erkannt werden wollen. zudem sind sie in ihrer verliebtenrolle keine amateure.

»wir können unseren ersten einbruch beim dorfwirt feiern«, meint er.
»das ist zwischen den saisonen der einzige ort, an dem sich die einheimischen treffen, und das lokal hat geöffnet, bis die vögel singen.«
das entpuppt sich dann als nicht sehr geschickt, weil unter den gästen, es sind zwar zu dieser nachtzeit nicht mehr viele, auch einige dorfgrössen sind, die, zwar angeheitert, inzwischen claire kennen und die nachricht vom wiederauftauchen der ermittlerin im dorf mit sicherheit in windeseile verbreiten könnten. hier ist die liebespaar-rolle nicht angebracht, das wird beiden klar. sie fühlen sich auch nicht sonderlich wohl, trinken ihr getränk an der bar recht schnell und lassen die gläser halb gefüllt stehen.
»ein ungutes gefühl nach so einem einbruch«, meint claire.
»jetzt wissen wir wenigstens, wie sich das für unsere klienten anfühlt«, pflichtet ihr korbinian bei. »stell dir vor, uns weist ein kollege nach, wir hätten den einbruch

verübt, nicht auszudenken, welche folgen das hat«, meint sie. korbinian spielt den starken mann. das würden seine nerven schon aushalten, gibt er sich ganz souverän. und er habe ja auch ein plausibles alibi mit dem besuch von claire hier im dorf. es ist schon nach mitternacht, als sie mit der auswertung der bilder beginnen, die sie alle sorgsam und mehrfach abgespeichert haben.

jede eintragung von rechten und pflichten im grundbuch setzt einen vertrag voraus, der von beiden vertragspartnern unterzeichnet werden muss. die unterschriften dazu können in tirol eben auch von einem legalisator beglaubigt werden, mangels eines notars in den ländlichen gegenden. die unterschriftsleistung wird vor dem legalisator vorgenommen und von ihm zur vorlage beim grundbuchsgericht bestätigt. jede dieser handlungen hat eine fortlaufende nummer im legalisationsbuch. diese nummer wird als eintrag mit datum und dem vermerk versehen, für welchen zweck die unterschrift gedient hat. claire hat alle eintragungen in den bestandsblättern des grundbuches von alberts eigentum fotografiert und auch die verträge dazu abgelichtet. auf allen verträgen prangt ein stempel des legalisators eugen hinterholzer mit der paraffe, einem kürzel seines namens. korbinian hat die fotoaufnahmen inzwischen ausgedruckt und nach datum gereiht auf dem tisch ausgebreitet.
»wir haben dreizehn eintragungen innerhalb von zwei jahren. wenn wir die entsprechenden vermerke im legalisationsbuch finden, haben wir unsere einbrüche umsonst

gemacht. für die fische«, betont er noch im hinblick darauf, dass sich herausstellt, dass alles seine ordnung hat, und nicht ganz ohne versteckten vorwurf in richtung claire. korbinian hält die ausgedruckten fotoaufnahmen aus dem legalisationsbuch in der hand.
claire lehnt am tisch, hat sich eine zigarette angesteckt und blickt angestrengt auf die verträge, schüttelt immer wieder den kopf.
»fällt dir nichts auf bei den zahlen?« korbinian fällt nichts auf.
»die fortlaufende zahl des eintrages durch den legalisator fehlt, das zieht sich bei den meisten verträgen durch. vergleiche sie jetzt mit den eintragungen im buch!«
korbinian sucht. claire ist ungeduldig, sieht ihm über die schulter. »das buch ist handschriftlich geführt, nach jedem eintrag gibt es einen horizontalen abschlussstrich. und zu jedem eintrag gibt es eine datumsangabe, eine fortlaufende ordnungszahl, hinter dem schrägstrich steht die jahreszahl, abgekürzt.«
die photos aus dem buch zeigen solche einträge chronologisch und mit fortlaufenden nummern geordnet, dahinter die jahreszahl. aber die datumsangaben der verträge stimmen mit dem buch nicht überein. es sind ganz andere einträge vermerkt, die hinweise zum zweck des eintrages haben oft ähnliche gründe, meist sind es beglaubigungen für unterschriften, die für bankkredite geleistet werden müssen.
»und wozu hat der legalisator mitten im buch eine leere seite gelassen? hinter den einträgen vom vorletzten und

dem letzten jahr?«, fragt er. korbinian hat offensichtlich konzentriert mitgearbeitet bei der aktion.
»die seite ist nachträglich eingefügt worden, ich hab eine verklebung erkannt und diese fotografiert«, sagt claire. »bin leider überfragt, was das bedeutet«, zuckt sie mit den achseln.
»ich möchte mich mit diesen daten nicht erwischen lassen«, meint korbinian. »da verstossen wir gegen den datenschutz und weiss gott gegen wie viele gesetze noch.«
claire meint: »wenn damit ein unrecht aufgedeckt werden kann, wird es wohl keine grosse rolle spielen, wie die unterlagen beschafft worden sind. man könnte ja, ausgestattet mit einem offiziellen auftrag, auch einfach ins gemeindeamt hineinspazieren und einsicht verlangen.«
»ja, wenn der auftrag dazu von einem vorgesetzten unterstützt wird, aber allen ernstes, wir haben es mit einigen ungereimtheiten zu tun«, sagt korbinian. »wenn nicht sogar mit einem betrug in grossem stil«, meint claire.
dabei wird es vorab nötig sein, mit dem eugen hinterholzer ein wörtchen darüber zu reden, wie er es sich erklären kann, dass er beglaubigungen einfach durchwinkt, ohne sie in das buch einzutragen. da hat er einen schönen saustall angerichtet mit seiner tätigkeit als legalisator. der arme liegt zurzeit im krankenhaus.
»dann liegt es doch nahe, dass wir ihn besuchen«, meint claire.
»wir haben verdächtige und kommen nicht weiter.« kurz vor dem eintreffen im bezirkskrankenhaus haben sie dann doch bedenken, dem erkrankten eugen h. die wahrheit

über ihre nächtliche recherche, sprich: über den einbruch, zu sagen.
sie beraten noch auf dem weg in die interne abteilung, auf der eugen h. liegt, wie sie ihm ihre nachforschungen schonend beibringen können, als sie zeugen eines tumultes auf der krankenstation werden. die beiden setzen sich auf eine wartebank, weil sie den amtsleiter eugen in genau dem zimmer besuchen wollen, wo ärzte und krankenpfleger hin und her laufen, alle höchst angespannt und nervös. erst etwa eine halbe stunde später beruhigt sich die aufregung, ein mit einem tuch abgedecktes bett wird von zwei pflegern aus dem zimmer von eugen h. gerollt. es kommt ein arzt vorbei, den sie ansprechen.
»eugen hinterholzer ist soeben verstorben«, erklärt er. »sind sie mit ihm verwandt?« beide schütteln den kopf. claire zückt ihren dienstausweis, der arzt macht eine hilflose bewegung. »wenden sie sich an den oberarzt«, meint er und zieht sich schnellen schrittes zurück.

der zwischenfall im krankenhaus beschäftigt sie noch am rückweg ins tal. wenn der kranke eugen h. wegen einer vergiftung eingeliefert wurde – könnte er an deren folgen gestorben sein? das würden die ärzte möglichst durch eine pathologische untersuchung feststellen. wenn also die vergiftung ursächlich mit dem eingetretenen tod zusammenhängt, wird wohl oder übel die kriminalabteilung eingeschaltet werden. »deshalb ist es nicht ratsam, wenn wir beide in diesem zusammenhang zu allem übel noch namentlich genannt werden. es ist besser, einige

tage abzuwarten, dann bekommt max im bezirkskommando weitere informationen, falls es sich zu einem fall entwickelt.«
am rückweg ins dorf besteht claire darauf, ein schwarzes notizbuch aus ihrer wohnung in landeck mitzunehmen.
»ach, du meinst das buch, in das der alte pfarrer immer vor einer messe eingetragen hat?«, fragt korbinian. »da sind vermutlich auch geschichten über uns drin, über clemens und mich und einige von den jungen wilden damals«, sinniert korbinian und erzählt einen schwank aus seiner jugend: »eine ganz wilde sache war die episode mit dem messwein in der sakristei der kirche, der auf mysteriöse weise ausgegangen ist. clemens hat etwas zu viel vom messwein gekostet, sodass er in der sakristei eingeschlafen ist. wir haben ihn in eine der grossen laden gelegt, in denen die messgewänder aufbewahrt werden, um ihn vor dem pfarrer zu verstecken. dabei hat er derart laut geschnarcht, dass selbst der pfarrer trotz seiner schwerhörigkeit es mitbekommen hat. nach der messe haben wir ihn dann samt der vollgekotzten lade vor die tür gebracht und mit dem gartenschlauch geweckt.«
»clemens steckt dahinter«, meint claire, »ich wette mit dir, das alles ist das werk von clemens!« sie hat es bisher nicht auszusprechen gewagt, was sie schon seit längerer zeit beschäftigt.
korbinian unterbricht kurz, denkt angestrengt nach und meint: »er ist der begünstigte in neun verträgen. er erwirbt mit der einräumung immer neue durchfahrts- und benützungsrechte auf dem grundbesitz von albert. und

immer an wirklich wichtigen stellen. wir werden noch zu klären haben, welche grundstücksnummern in seinem eigentum stehen. bei sechs eintragungen handelt es sich um servitute, die an andere leute im dorf gegangen sind, auch hier fehlt eine übereinstimmung mit dem legalisationsbuch. das sind servitute zugunsten des herzadlerwirtes und des tourismuschefs, eben freunde von unserem herrn vizebürgermeister!« und nach einer kleinen pause: »zudem sind die verträge so abgefasst, dass damit auch gleich weiterführende nutzungsrechte verbunden sind, man kann nämlich diese rechte auch an andere weitergeben. das kann so weit führen, dass es einem dritten das recht einräumt, etwa seinen kanal durchzuleiten. das eröffnet doch ungeahnte möglichkeiten, vor allem aber einen geldsegen. und der nutzniesser in zumindest neun fällen ist clemens. für die anderen vier eintragungen hat er vermutlich im vorfeld schon kassiert.« korbinian ist ganz aufgeregt vom tisch aufgestanden:

»claire, ich bin überzeugt, dass albert nie und nimmer mit dem herzadlerwirt und dem tourismuschef derartige vereinbarungen getroffen hat. diese vorgänge sind mysteriös. clemens hat als gemeindesekretär und vizebürgermeister den zugang zum stempel des legalisators heimlich benützt, um die verträge damit glaubhaft zu machen. vielleicht hat er die verträge sogar selber erstellt und anstelle von albert unterschrieben, auch das werden wir noch herausfinden.

und lass mich weiterdenken: da die poststelle in der gemeinde liegt, seit die post die meisten filialen geschlossen hat, ist es ein leichtes, alle briefe von der grundbuchsstelle im bezirksgericht abzufangen. da ist es nicht schwer, unterschriften auch auf eingeschriebenen briefen zu fälschen. der brief muss nur beiseitegelegt werden, mit dem hinweis, dass der betreffende ohnehin am nächsten tag ins gemeindeamt kommt und man sich bereit erklärt, den erhalt bestätigen zu lassen. am nächsten tag wird der rückschein unterschrieben vorgelegt, die sache ist auch für das amt damit erledigt. und der betroffene weiss von all seinem glück nichts. weil: eine recherche bis zum legalisationsbuch wird praktisch nie durchgeführt. da denkt doch keiner dran.«

»wenn dieser jemand nicht so ein fuchs ist wie unser notar neuplatt«, ergänzt claire.

dann fällt ihr ein: »und wenn die beiden zusammengearbeitet haben? ich meine eugen h. und clemens? so etwa auf halbe-halbe?«

»das erfahren wir nur von clemens.«

beide sind vom ergebnis ihrer nachforschungen aufgeregt und entsetzt zugleich. später hat claire dann den notar neuplatt angerufen und ihm von ihren ermittlungen berichtet. »seien sie vorsichtig mit den ergebnissen ihrer recherchen!«, hat der notar gewarnt, »bisweilen ist es nur eine vermutung, liebe claire«, hat er eingewendet. »und passen sie auf sich auf, es sind einige leute sehr nervös, seien sie auf der hut, wenn sie vorhaben, noch länger im dorf zu ermitteln!«

»wahrscheinlich wollte mich der pfarrer auf eine falsche fährte locken«, sagt claire, während sie ein kleines ledergebundenes büchlein in ihre tasche gleiten lässt.

das gemeinsame studium der tagebuchaufzeichnungen des alten pfarrers gestaltet sich dann sehr mühsam. die handschriftlich verfassten texte sind wegen der nicht mehr üblichen kurrentschrift nur schwer zu entziffern. korbinian meint, die eintragungen in diesem buch seien notizen aus dem vorigen jahr, also dem letzten lebensjahr des altpfarrers. dementsprechend müsse es auch noch weitere solcher exemplare geben. er erinnert sich auch noch daran, dass ihm schon als ministrant in seinen jungenjahren damals der eigenartige aufbewahrungsort hinter der monstranz, die nur zu feiertagen verwendet wurde, aufgefallen ist. niemand von den ministranten hat einen schlüssel zu diesem versteck gehabt, nie hat es jemand gewagt, das schloss zu knacken. »bei einer nachschau in der sakristei könnten wir feststellen, ob noch weitere noitzbücher vorhanden sind«, meint claire.
»gott bewahre«, entgegnet korbinian rasch. »erstens hat pfarrer viktor die bücher sicher in sein widum geholt und es hat sicher einen grund, warum er gerade das letzte buch so offen herumliegen liess.«
»der grund ist, dass er kein geheimnis preisgeben darf, das ihm anvertraut worden ist. dazu gehört sicher auch ein schriftliches dokument«, meint claire. »und weil er es nicht darf, weil er aber eine wahrscheinlich konkrete vermutung hat und weil er meine neugier bereits kennt, hat er ganz elegant den hinweis zu dieser quelle erwähnt... und der vorschlag mit dem einbruch war ein freudscher versprecher. gemeint hab ich natürlich einen besuch in der sakristei«, ergänzt sie mit einem augenzwinkern.

die eintragungen sind sehr kurz gehaltene notizen, meist im telegrammstil hingekritzelt. nur manchmal gibt es datumsanzeigen. zeitweise sind einzelne begriffe und worte ohne offensichtlichen zusammenhang hingeschrieben. immer hat man das gefühl, der schreiber habe alles so notiert, dass es für aussenstehende keinen besonderen sinn ergibt.
korbinian crweist sich als heller kopf, der erstens die hieroglyphen halbwegs schnell entziffert und auch den sinn der aufzeichnungen recht gut versteht und übersetzt. auf einer der letzten seiten steht: brief vom bischöfl. ordinariat erhalten/ wurde mir ausgehändigt beim besuch des bischöflichen bauamtsleiters/ hat sich von der sanierung unserer empore in der kirche ein bild gemacht/
und in einer der nächsten eintragungen:clemens im gemeindeamt befragt wegen der falschen grundstücksnummer/albert zur rede gestellt/ hat nichts davon wissen wollen, was den vertrag mit h. adler betr.
für claire ein vollkommenes rätsel, für korbinian nach einigem nachdenken aber fassbar:
»claire«, sagt er aufgeregt. »vergleiche das datum dieser eintragung mit dem ersten vertrag, den albert mit dem herzadlerwirt geschlossen hat.« claire erkennt keinen zusammenhang, ist doch der genannte vertrag erst deutlich später zustande gekommen.
»das könnte eine konkrete spur sein«, entgegnet er. »der altpfarrer hat einen vertragsentwurf vom ordinariat zurückerhalten, weil das gericht gewusst hat, dass die im vertrag angegebenen grundstücksnummern zu grund-

stücken im besitz der kirche gehören und deshalb eine stellungnahme angefordert haben.
der fehler ist wahrscheinlich in der zwischenzeit erkannt worden und so hat man den vertragsentwurf verworfen.«
»und was hat das mit albert zu tun?«
»albert ist der bruder des pfarrers, clemens der neffe. auf rückfrage des altpfarrers beim gemeindeamt hat clemens sich der sache angenommen und wahrscheinlich auch zugegeben, dass er den vertragsentwurf mit den falsch erfassten grundstücksnummern erstellt hat. deshalb ist die geschichte erst aufgekommen, weil nicht das gericht geantwortet hat, sondern das bischöfliche ordinariat. so ist der altpfarrer stutzig geworden, weil er ja seinen bruder albert als eigensinnigen alten mann kennt. und höchstwahrscheinlich hat er albert zur rede gestellt, der hat aber nichts gewusst von verkäufen oder der einräumung von rechten.«
»vielleicht ist albert an dieser stelle seinem neffen auf die schliche gekommen. das werden wir nicht herausfinden, wenn clemens es uns nicht sagen will. vielleicht war das gespräch zwischen dem pfarrer und albert damals der anlass, doch etwas hellhöriger zu sein«, meint claire.
»diese deutung der notizen ist zwar eine mutmassung, aber alles weist darauf hin, dass clemens ziemlichen mist gebaut hat.« dessen sind sie sich einig.
korbinian ist nachdenklich, schreckt auf, wenn claire eine frage stellt.
»denkst du an clemens, deinen jugendfreund?«, fragt sie.
korbinian nickt.

»die fakten sind erdrückend, clemens gerät immer mehr in den verdacht krimineller machenschaften.«
korbinian fürchtet, dass sich womöglich die lebensumstände von clemens ändern könnten, und nicht gerade zu dessen vorteil.

kapitel 16 **samstag**

claire hat einen neuen plan:
»wir locken clemens mit einem vorwand zur jägerhütte und dort sind wir mit ihm allein. wir konfrontieren ihn mit der jacke von albert, das wird er vehement abstreiten. er wird behaupten, der hund habe die jacke im gelände gefunden und sie als seine beute angesehen. dann tischen wir ihm die sache mit dem legationsbuch auf und die ungereimtheiten in den grundbuchseintragungen. das wird er erst erklären müssen, da gibt es keine hintertüre und damit keine ausreden.
er wird einknicken, und für den letzten spurt holen wir uns verstärkung von deinen polizeikollegen, die den rest des verhörs übernehmen. ich rufe bei max an und informiere ihn, nur für den fall, dass der oberboss wind von der sache bekommen sollte.« nach einer kurzen pause:
»da wär noch etwas«, claire hat sich umständlich eine zigarette angezündet, obwohl sie weiss, dass korbinian dies in geschlossenen räumen absolut nicht mag. also wird es wieder was wichtiges sein, denkt korbinian und stellt ihr eine untertasse als aschenbecher auf den tisch.
»kannst du dich an das snowmobil von clemens erinnern?« korbinian schüttelt den kopf: »nein.«
»es ist besser, wenn ich ganz von vorne beginne«, meint sie. »auf dem weg ins dorf bin ich beim mechaniker vorbeigekommen und hab mit ihm ein paar worte gewechselt. er hat erzählt, dass die reparatur des snowmobils sehr dringend ist, weil es zur wildfütterung gebraucht wird.

auch hat sich herausgestellt, dass es clemens gehört. beim besuch auf dem gemeindeamt hab ich clemens gesagt, dass ich gern mit einem solchen gerät fahren möchte. das hat er mir auch versprochen, mich aber vertröstet. der dorfmechaniker hat mich dann zu einer probefahrt eingeladen. wir sind zu einer fütterungsstelle unweit des dorfes gefahren und haben etwas unterhalb auf das wild gewartet. ich hab das snowmobil genauer unter die lupe genommen, rein aus interesse, da habe ich dann auch einen stauraum entdeckt mit allerhand werkzeug und einem sechserstrick. den hab ich eingesteckt, weil mir das eigenartig vorgekommen ist, dass blut dran gewesen ist, wo doch schonzeit ist für die tiere.«
korbinian ist neugierig geworden. »und weiter?« er setzt sich ihr gegenüber, direkt in eine rauchschwade.
»ich hab max gebeten, das stück untersuchen zu lassen, zusammen mit dem ärmelstück vom arco«, sagt sie geheimnisvoll.
»und das ergebnis?«
claire holt ein ausgedrucktes mail aus ihrer tasche. »das habe ich hier, schwarz auf weiss«, meint sie und liest vor.
korbinian ist sprachlos.
»blut von einem menschen, und dazu noch die blutgruppe von albert?« claire zeigt ihm die notizen zu alberts daten in ihrem notizbuch.
»das wird dann der part für meine kollegen«, meint er und wählt die nummer des postens.
»dann hab ich noch einen punkt zu klären«, meint korbinian, nachdem er die kollegen ausgiebig instruiert hat,

»das nämlich ist die todesursache von eugen h. und auch des alten pfarrers.« korbinian wird unterbrochen, claires handy meldet sich.
»max«, sagt sie, »max ruft an.« wenn max sich meldet, ist feuer am dach. wird doch nicht ausgerechnet jetzt der oberpostenkommandant sich einschalten?, denkt sie. claire hebt ab und horcht, ist recht aufgeregt und findet den aschenbecher nicht, korbinian rennt ihr mit der untertasse hinterher. der anruf scheint hochinteressant zu sein, sie hält den finger an den mund, korbinian wagt kaum zu atmen.
nach geschlagenen fünf minuten klappt sie endlich ihr handy zu und berichtet aufgeregt:
»die todesursache von eugen h. ist geklärt: organversagen infolge einer intoxikation psychotroper substanzen.« korbinian googelt sofort. »das ist aber vorsichtig formuliert«, bemerkt er dazu. »die details dazu werden wir möglicherweise noch heute liefern«, meint er und ist endgültig entschlossen, den ganzen fall restlos aufzuklären.

der anruf korbinians bei clemens, dem vizebürgermeister, gemeindesekretär, bauamtsleiter und aufsichtsjäger, ist kurz und bündig. er hat ihm nicht einmal zeit gelassen, mehr zu erfahren, hat ihn einfach aufgefordert, sich die hundehütte oben bei der jägerhütte genauer anzuschauen. dort habe sein hund vermutlich entweder ein tier gerissen, eine schmalgeiss vielleicht, oder ein stück stoff, eine jacke von einem jäger zerbissen, und er, korbinian, hat dies am weg zum jagdgebiet des barons vom auto aus entdeckt.

clemens hat versprochen, gleich nachzuschauen. tatsächlich dauert es keine viertelstunde, bis sein geländewagen geräuschvoll neben der jägerhütte parkt. korbinian und claire erwarten ihn, sind im wagen von albert gekommen. sie gehen auf den aufsichtsjäger zu, als er sich bückt und in der hundehütte ein knäuel stoff herauszieht.
etwas erschreckt von den beiden besuchern dreht sich clemens um. er erblasst, als er sie beide in uniform sieht, fängt sich aber in sekunden.
»bin froh, dass es kein tier ist, das ist nur ein stück stoff«, bemerkt er, sichtlich erleichtert.
»das war das sakko von albert«, sagt claire in richtung clemens. »kannst du dir erklären, woher dein hund das hat?«
arco, im auto von clemens, hat die uniformierten entdeckt und beginnt zu bellen.
clemens macht eine eindeutig unwissende geste. die beamten in uniform haben ihm einen schreck eingejagt, das konnte man aber kaum erkennen. ist er sich sicher.
nein, mit dem stoffrest kann er, clemens, nichts anfangen.
»wird der hund irgendwo aufgelesen haben, im wald.«
er lässt ihn öfters frei laufen, weil er ihm ja vertraut, kein wild zu reissen. das ist eine tiroler bracke, betont er, als wäre die rasse schon ein garant dafür.
clemens ist unschlüssig, wie er der unangenehmen situation herr wird, beschliesst, die beiden in die hütte einzuladen auf einen ‚selberbrennten', und hofft darauf, dass sie die einladung abschlagen, weil sie uniformiert und im dienst sind. aber die beiden kommen gern noch mit, als hätten sie darauf gewartet.

clemens fingert nach dem schlüssel auf dem sims oberhalb der tür, stösst sie mit dem fuss auf, wirft den stoffrest auf die holztruhe, dorthin, wo das brennholz für den herd lagert, holt drei gläser aus einem regal über dem herrgottswinkel, dazu eine flasche klaren schnaps und schenkt ein. zuvor hat er mit seinem ärmel den tisch abgewischt, weil noch einige brotkrumen darauf gelegen sind.
»setzt euch«, bedeutet er mit einer einladenden geste. die beiden beamten setzen sich, claire hinter den tisch, korbinian auf einen stuhl mit dem rücken zum eingang. claire zückt ihr handy, sagt, sie müsse zurückrufen, und geht noch einmal kurz vor die tür. das telefonat ist bald beendet, claire kommt zurück, sie prosten sich zu, clemens nimmt einen tüchtigen schluck.
wie sie darauf kommen, es sei die jacke von albert gewesen, fragt er und ist sichtlich stolz darauf, dass er so geistesgegenwärtig reagiert hat.
»ich hab den stoff untersuchen lassen«, sagt claire.
»weil«, ergänzt sie, »gefunden hat ihn ein jäger, der uns berichtet hat, woher sein fund stammt, nämlich aus der hundehütte von arco. untersucht hat es die forensik in der landeshauptstadt.«
claire und korbinian beobachten clemens. mit dieser behauptung wird er nervös werden, ist sich claire sicher. clemens bleibt ruhig, ist blasser geworden, antwortet aber nicht.
er stützt eine hand auf den tisch, dreht seinen stuhl leicht zur seite und blickt in richtung holzherd, als müsste er den blicken der uniformierten ausweichen.

»wahrscheinlich hat arco den rock gefunden und ihn in die hütte gezerrt. hunde haben einen gewaltigen geruchssinn. und wenn da noch blut dran war, wer weiss, wie ein tier wie arco darauf reagiert? mehr kann ich dazu nicht sagen«, schliesst clemens ab und hofft, dass das kapitel damit beendet ist. er will aufstehen, claire drückt ihn an seiner schulter auf den stuhl zurück.
aus einer innentasche ihrer uniformjacke kramt sie ein bündel papiere hervor.
sorgfältig legt sie alles auf den tisch, ordnet die gefalteten bögen und streicht sie glatt. es sind kopien der seiten aus dem legalisationsbuch und fotos der verträge vom grundbuchsamt. clemens sperrt sich anfangs, aufgefordert, sich das anzuschauen, starrt er jedoch allmählich gespannt, kapiert sofort, was sich da zusammenbraut, wird schneeweiss um die nase. korbinian ist aufgestanden, lehnt an der ausgangstür, die hand am gürtel.
»wir haben die verträge der letzten zwei jahre, die als anträge an das grundbuchsamt in landeck gegangen sind, untersucht«, beginnt claire.
»es sind die verträge, die mit dem besitz und eigentum von albert in verbindung stehen. dreizehn insgesamt. bei sechs verträgen bist du der begünstigte, die anderen sieben verträge lauten auf vorwiegend zwei leute im dorf, alles bekannte, ja freunde von dir«, fährt korbinian fort.
»der haken an der sache ist«, ergänzt claire, »dass die beglaubigungen der verträge datumsmässig im legalisationsbuch nicht übereinstimmen. es ist damit ausgeschlossen, dass der herr legalisator dies verbockt hat. soll ich

weiterberichten?« claire ist in fahrt. »eugen h. ist gestern nachmittags im spital verstorben. an den folgen einer vergiftung, so ist es uns berichtet worden.«
clemens erhebt sich, korbinian an der tür steht stramm, clemens sackt wieder auf den stuhl, fährt mit der hand in sein haar, schweigt.
es klopft an der tür, niemand rührt sich.
»wir haben verstärkung geholt«, sagt claire. »draussen warten die kollegen. willst du jetzt dazu stellung nehmen oder lieber auf dem polizeiposten landeck?«
clemens schweigt, das blut entweicht fast vollständig aus seinem gesicht. er wirkt um jahre gealtert.
»da wäre noch eine geschichte«, claire lässt nicht locker.
»nämlich die todesursache deines onkels, des alten pfarrers.«
eisiges, trotziges schweigen, dazwischen ein heiseres lachen auf die anspielung an den alten pfarrer. claire klopft auf die tischplatte, langsam, gleichmässig. korbinian steht an der tür, hat die verstärkung draussen kurz informiert und die türe wieder zugeschoben.
»wir haben viel zeit«, bemerkt claire. sie hat offensichtlich die führung übernommen, bemerkt sie doch, dass korbinian nicht imstande ist, seinen jugendfreund in die enge zu treiben.
»im herbst sind die nächsten wahlen«, beginnt claire erneut.
»deine private situation mit der ins haus stehenden scheidung kommt da nicht gerade gelegen«, meint sie.
korbinian schaut erstaunt auf. schau die frauen an, denkt

er bei sich, was die doch alles herausfinden und ins spiel bringen.
»und was wird aus deinem sohn?«
clemens gibt sich bockig auf die meldung zu seinem privatleben, dann niedergeschlagen, weil ihm die ganze tragweite plötzlich klar wird. er wirkt um weitere zehn jahre älter. an seinem gesichtsausdruck ist erkennbar, wie er alle seine sorgen und auch möglichkeiten durchdenkt.
»erzähl uns von den grundbuchseintragungen«, fordert sie ihn auf. »der reihe nach!« das tonband auf dem tisch ist nicht eingeschalten. wieder dauert es minuten, bis clemens den stuhl zurechtrückt, die ellbogen auf dem tisch abstützt, die hände vors gesicht hält.
»gut«, sagt er, »dann werde ich sagen, was mir ohnehin den schlaf raubt.«
clemens greift zur flasche mit dem selberbrennten, schenkt sein glas voll. claire winkt ab, deutet zur tür, korbinian öffnet einen spalt, winkt, zwei uniformierte kollegen treten ein.
»wir müssen darauf hinweisen, dass wir ab jetzt alles aufzeichnen werden«, sagt einer der beamten und schaltet das tonband auf dem tisch ein.
»wo soll ich anfangen?«, fragt clemens tonlos.
claire deutet auf den vertrag, der das älteste datum aufweist, und dreht den papierbogen so, dass er lesen kann.
»albert war mein onkel, das muss ich nicht erwähnen, weil es allen bekannt ist, aber damit klar wird, welches vertrauen albert in mich immer gesetzt hat. ich hab ihn zigmal gebeten, dem einen oder anderen, der mir mit seinen

anliegen in den ohren gelegen ist, etwas grund abzutreten, es waren meist nur kleine flächen, damit der eine oder andere eine zufahrt bekommen hätte oder eine leitung durchlegen konnte. im prinzip sehr einfache angelegenheiten, die er ohne verluste verantworten hätte können. ich hätte es auch gut gebrauchen können, wenn mir der onkel albert unter die arme gegriffen hätte. aber da war nichts zu machen, er hat grundsätzlich auf stur geschaltet. schliesslich hab ich doch eine politische karriere eingeschlagen. da ist es notwendig, manchen leuten im dorf auszuhelfen. da hab ich darüber nachgedacht, wie man dem albert eine unterschrift entlocken könnte, ohne dass er merkt, wofür er gerade unterschrieben hat. und da ist mir aufgefallen, dass er jedes vierteljahr ein schriftstück bei der post unterschreibt, um seiner dementen schwester in landeck etwas geld zu schicken. die post ist ja in den räumlichkeiten der gemeinde untergebracht, ich hab manchmal ausgeholfen, und mir hat der albert alles unterschrieben, ohne genau hinzuschauen. da bin ich auf die idee gekommen, dass er mir quasi blanko unterschreibt. weil die post im gemeindeamt abgewickelt wird, hab ich dann auch die einschreibebriefe abgefangen. so hat albert nichts von allem wissen müssen. selbst zum stempel vom legalisator hab ich zugang gehabt. nachdem das eigentlich immer gut gegangen ist, hab ich nicht daran gedacht, dass die vorgänge der legitimation im buch eingetragen werden müssen. diese nummer neben der unterschrift hab ich angesehen als die dem legalisator zugeteilte nummer, wo nur noch die jahreszahl wechselt. da bin ich erst letzte woche drauf gekommen.«

»deshalb das leere blatt, das eingefügt wurde?« keine antwort von clemens, nur ein leichtes nicken.
»und zum tod von eugen?« clemens schüttelt den kopf. »kein kommentar«, meint er trocken.
»wir haben vor ungefähr einer stunde das ergebnis der todesursache hereinbekommen«, sagt claire. »wir sind von meinem kollegen in landeck angerufen worden! übrigens, der leichnam des alten pfarrers wird auf unsere anregung hin exhumiert und untersucht. es wird inzwischen auch bei ihm eine vergiftung vermutet.«
korbinian ist erstaunt über den mutigen auftritt von claire.
»und der tod von albert?«, fragt claire. »kannst du den hergang schildern?« einer der beiden herbeigeholten beamten nimmt das tonband vom tisch, schaltet es aus.
»wir werden dich auf den posten mitnehmen, aber nicht im ort, sondern nach landeck. dort werden wir bei einem verschärften verhör alles noch einmal protokollieren«, sagt er. der zweite polizist ist dabei, die handschellen von seinem gürtel zu lösen.
clemens ist völlig apathisch, wahrscheinlich auch schon etwas angetrunken.
»es gibt zu alberts tod nichts zu sagen«, kommt es dann, zeitverzögert. »ich hab mich mit den grundbuchsachen schon genug schuldig gemacht!«
»wir haben einen strick gefunden!«, meldet sich claire wieder zu wort. der polizist stellt das laufende tonbandgerät erneut auf den tisch. »auch dieses beweisstück weist die gleiche blutgruppe auf wie der ärmel der jacke«, ergänzt sie. »das sind ziemlich erdrückende fakten«, brummt

einer der polizisten. »überlege noch einmal: willst du uns zum tod von albert nicht doch etwas berichten?«
korbinian macht eine abwehrende bewegung, weil der zweite polizist mit den handschellen anrückt. »warte noch«, meint er, »wir sind noch nicht fertig.« clemens hat sich wieder ein glas eingeschenkt.
trinkt es in einem zug aus. die lebensgeister scheinen sich wieder einzustellen, die blässe ist gewichen, an der stirn zeichnet sich eine kräftige ader ab. »okay«, nickt clemens, »ich bin bereit, nach landeck zu fahren.«
die polizisten blicken sich gegenseitig an, zwar verwundert, weil er so bald eingelenkt hat, aber auch erleichtert, weil clemens damit zumindest stückweise eine zusammenarbeit anzukündigen scheint.
»ich werde noch das wasser in der hütte abdrehen, bevor es losgeht«, sagt clemens.
ja, das sehen die uniformierten ein. »wird ja längere zeit dauern, bis er wieder als freier mann zurückkommt«, murmelt einer der polizisten, vorsichtshalber nur halblaut. korbinian runzelt die stirn, weil er weiss, dass es kein fliessendes wasser in der hütte gibt.
sagt aber nichts.
clemens wartet, bis die beamten vor ihm aus der tür gehen, deutet draussen an, dass er am fussende der hütte, wo es steil bergab geht, den wasserhahn abdrehen will, die beiden beamten nicken, weil korbinian und claire gerade ein gespräch beginnen.
clemens biegt um die ecke, schaut kurz zurück und ist verschwunden. er ist die steile böschung abwärtsgelaufen,

gedeckt von gestrüpp, dann mit einer schnellen bewegung die böschung weiter hinuntergerutscht und abgetaucht. ein langer moment der überraschung bei den polizisten, ungläubig starren sie die steile böschung hinunter, hören noch das knacken von unterholz, dann herrscht gespenstische stille. sie sind starr vor schreck. korbinian und claire standen schon beim wagen und haben darüber gerätselt, was sie mit arco dem hund machen sollen, als sie den ruf ihrer kollegen vernehmen und schnell zurückkommen. beinahe muss korbinian schmunzeln über die ungeschicklichkeit seiner kollegen, aber die sache ist zu ernst, und so verkneift er es sich. ausserdem will er jetzt nicht auch noch riskieren, dass ihm die kollegen den weiteren einsatz versauen, wo doch schon alles aus der bahn geraten ist. »wir fahren bergwärts, es ist der einzig vernünftige fluchtweg, den er nehmen kann«, meint korbinian, und kurz darauf: »nein, wir geben ihm einen vorsprung von fünf minuten, sonst jagt er uns wie die hasen. er kann sich aber auch ostwärts durchschlagen, darum schicken wir oskar und leo beim wasserfall in richtung talauswärts. claire und ich fahren ganz nach oben, wir erwarten ihn dann mit arco, seinem hund, den müssen wir mitnehmen. leo, bring ihn uns in meinen wagen, du kannst gut mit hunden umgehen. und ihr verfolgt ihn zu fuss. solltet ihr spuren entdecken, ruft mich an, dann komme ich mit dem hund.«
korbinian schaut auf die uhr, drei minuten sind vergangen. leo kommt mit dem tier, bedächtig, öffnet die heckklappe, der hund springt in den kofferraum. claire wird nervös wegen der empfundenen langsamkeit ihrer kollegen.

»das ist wichtig, der hund soll unsere nervosität nicht aufschnappen«, bemerkt korbinian zu claire.
die beiden beamten nehmen im wagen platz, er fährt los, ehe die wagentüren schliessen. »es ist angeraten, ihm möglichst ohne grosse geräusche zu folgen«, entschuldigt er seinen ruppigen start und ärgert sich über die unachtsamkeit seiner kollegen, es sind eben innendienstler.
am wasserfall angekommen, instruiert korbinian die beiden polizisten noch einmal, sich möglichst auf spuren zu konzentrieren, bevor er sie aus dem wagen entlässt. sie scheinen nicht besonders geländegängig zu sein, der leibesfülle wegen, und nicht besonders ortskundig obendrein, zumindest hier oben im wald.
mit claire und dem hund arco schraubt sich der wagen immer höher. zwischendurch bleiben sie stehen, er sieht auf die uhr, möchte keinesfalls dem flüchtigen clemens im waldgebiet begegnen, will warten, bis er über der baumgrenze ist, schätzt die zeit ab, die er brauchen wird. es folgen endlose minuten der anspannung, der hund kläfft im auto. nach einigen kilometern erreichen sie die baumgrenze, dort endet auch der weg. sie lassen den wagen etwas geschützt neben zwei bäumen stehen und suchen nach einer leine für den hund. der aber hat sich schon an korbinian vorbeigedrängt und saust im gelände umher.
»wir gehen zu fuss weiter bis in die klamm. das wird eine viertelstunde dauern, dann steigen wir ein. wenn clemens die klamm vor uns erreicht, ist er so gut wie auf und davon, dann kommt er auch hinüber in die schweiz, und wir haben ihn für immer gesehen«, erläutert er.

korbinian hört nicht auf zu reden, obwohl sie sehr schnell unterwegs sind, claire kann kaum mit dem tempo mithalten. der hund ist längst voraus, schnüffelt hier und da, ist aufgeregt, wedelt mit dem schwanz. korbinian ist sicher, dass clemens bereits hier vorbeigekommen ist, vielleicht vor minuten, vielleicht vor einer viertelstunde, aber kaum länger. der hund folgt seiner spur.
»hier«, zeigt er, »hier ist der einstieg in die klamm.« er zieht claire am ärmel scharf nach links, wo sie entlang eines felsstückes hinaufklettern, und dahinter tut sich eine schmale öffnung auf. hier durch, dann immer senkrecht hinauf. wie ein kamin wirkt die schmale öffnung, nach einigen minuten sind sie oben, es öffnet sich ein tal mit einer riesigen, steilen böschung voll losen gerölls.
korbinian bleibt kurz stehen. der hund ist weit vorne, ist etwa in der hälfte der geröllhalde rechts abgebogen und verschwunden. »was hat arco?«, fragt claire. korbinian zuckt mit den achseln, nimmt einen anruf seiner kollegen entgegen, die unten am wasserfall in richtung osten unterwegs sind: »keine spur, kein lebenszeichen.« sie sind schon auf der höhe des nächsten dorfes, das unter ihnen auf der anderen talseite liegt, berichten sie. durchs telefon hört man sie schnauben. »möglich, dass er den weg ins lorrainetal genommen hat«, meint einer.
was sie tun sollen, fragen sie. korbinian redet ganz leise ins telefon, der hund hat sich eben in dieser sekunde wieder gezeigt und heult auf.
»bleibt, wo ihr seid, wir melden uns«, sagt er und legt auf. eilt hinauf zum tier, das starr steht und sich nicht bewegt.

er erkennt ein weiteres, seitlich gelagertes geröllfeld, vor dem der hund steht, blickt entlang und erstarrt.
der hund sucht sich jaulend einen weg über das viele gestein, verletzt sich offenbar an einer pfote, weil er in ein loch zwischen den steinbrocken tritt und aufheult, nimmt sich aber kaum zeit, vorsichtig zu sein, hüpft wie rasend von stein zu stein, in einem irren tempo, bis er oben ankommt, humpelnd, wo korbinian und inzwischen auch claire schon seit sekunden hinblicken. ein menschenkörper liegt am unteren ende des geröllfeldes, regungslos.
ein blick mit dem fernrohr bestätigt, dass der mann ungefähr sechzig meter abgestürzt sein muss, korbinian entdeckt die jacke von clemens oben im kar.
sie hüpfen über die steine, immer darauf achtend, dass sie nicht abrutschen. clemens liegt reglos im geröll, aber lebend. aus seinem hinterkopf und dem mund quillt blut, beide hände sind grausam zerfetzt und bluten stark.
korbinian hat seine jacke ausgezogen, versucht, sie dem verletzten unter den kopf zu schieben. er ist mit dem gesicht ganz nahe bei seinem jugendfreund, spricht ihn an, vernimmt ein röcheln, spürt einen leichten druck an seinem arm. clemens hat ihn mit den resten einer zerfetzten hand am ärmel umfangen. blut dringt in den stoff seiner jacke ein, tropft zu einer pfütze ab.
claire hat ihr telefon aus der uniformtasche gerissen und wählt die notrufnummer.
»ich gestehe«, röchelt clemens, hat offensichtlich heftige schmerzen, stöhnt.

korbinian bedeutet ihm, zu schweigen. der druck auf korbinians arm wird immer fester, die uniform saugt das blut des verletzten auf. clemens beginnt zu husten, er artmet schwer, hat wahrscheinlich auch innere verletzungen. claire erreicht nun die polizisten leo und oskar am telefon. in ihrer tasche entdeckt sie das diktiergerät, das sie nach dem verhör in der jägerhütte eingepackt hat, schaltet ein und legt es neben den schwerverletzten clemens hin.
»ich werde dir alles beichten, mein freund«, röchelt clemens.
und dann folgt ein geständnis, das beiden beamten eine gänsehaut am rücken aufsteigen lässt.
die geräusche eines herannahenden hubschraubers sind hörbar.
nach dem eintreffen des helikopters verläuft die bergung in geübter geschwindigkeit. während des fluges ins bezirkskrankenhaus ist der schwerverletzte verstorben.

epilog

im bericht von alpinpolizist korbinian steht die ganze geschichte mit dem geständnis von clemens nach seinem unglückseligen sturz über eine geröllhalde:
clemens hat damit begonnen, sich und einigen einflussreichen leuten im dorf rechte auf dem grundbesitz seines onkels albert im grundbuch einzuräumen, die verträge dazu hat er selber verfasst. als gemeindebediensteter und vizebürgermeister hat er schon genügend solcher verträge gelesen und studiert. einmal hat er eine grundstücksnummer in einem vertrag falsch angegeben und erst nach geraumer zeit eine rückfrage des grundbuchsamtes bekommen. dass das fälschlich angeführte grundstück im besitz der kirche war, hat er vom altpfarrer erfahren, der ihn, ebenfalls ein onkel von clemens, das fürchten lehrte, ist ihm doch der alte herr auf die schliche gekommen. den alten pfarrer konnte clemens mit einer überdosis an drogen ins jenseits befördern, genauso wie den legalisator eugen, seinen amtskollegen.
und albert?
onkel albert war in letzter zeit, eben seit dem tod des altpfarrers, misstrauisch geworden, hat clemens mehrfach zur rede gestellt wegen einer grundbuchssache, von der der pfarrer gesprochen hatte.
wegen seines privatlebens, der zerrütteten ehe, hat clemens sich mit einer tänzerin angefreundet, einer ungarin. anfangs ein saisonflirt. er, clemens, sei aber dann immer eifersüchtiger geworden, weil sich ilona rar gemacht hat.

von ihr hat er sich auch berichten lassen, wie man zu todesdrogen kommt.
und genau an dem abend, als er bei seiner schnüffelei entdeckt hat, dass ilona sich mit albert auf der berglhütte trifft, ist er mit seinem snowmobil unterwegs gewesen und dem bus nachgefahren, den ilona gesteuert hat. etwas entfernt vom auto hat er den streit der beiden beobachtet, hat auch gesehen, wie albert in rage aus dem auto gestiegen und zu fuss weitergegangen ist, trotz des schneesturmes. ilona ist ausgestiegen, wollte ihn vielleicht dazu überreden, ins auto zurückzukommen, jedenfalls ist er über die böschung gestürzt.
der bus ist nach einiger zeit abgefahren, albert in dem augenblick wieder am wegrand aufgetaucht. clemens hat gefürchtet, dass albert ihn dabei entdeckt hat, die tänzerin zu überwachen, hat ihn am sozius seines snowmobils ein stück mitgenommen, die verletzung am arm von albert habe er erst entdeckt, als er ein stück weiter stehen geblieben ist, weil ein unrundes geräusch am motor gestört hat. da sei er ausgerastet, weil albert wieder damit begonnen hat, dass er von ihm hinters licht geführt werde, und in einer zehntelsekunde hat er dann seine chance wahrgenommen:
er hat albert einen sechserstrick um den hals gelegt, den er aus dem stauraum gezerrt hat, und dann fest zugezogen. albert ist seitlich auf das snowmobil gefallen. den blutigen sitz hat er mit der jacke, die er ihm vom leib gerissen hat, abgewischt. den leblosen albert hat er aufgeladen und ein gutes stück nach oben gefahren und über

die böschung geschubst, genau dort, wo ihn mit sicherheit die lawine demnächst mitnehmen würde. die jacke hat er ihm nachgeworfen.

in einer gelungenen feier im bezirkskommando landeck ist claire für ihren erfolg vom neuen chef geehrt worden. die kollegen haben sich in schale geworfen und eine schöne feier veranstaltet, mit einer einladung zum essen in einem neu eröffneten restaurant in landeck. korbinian hat seine erbschaft angetreten und sich vorgenommen, neben seiner jagd im revier des barons auch wieder mit dem schnitzen von holzfiguren zu beginnen, in der alten werkstatt seines patenonkels albert. ausserdem hat er schon pläne gewälzt, aus einem kleinen nebengebäude ein ordentliches wohnhaus zu errichten, damit er auch einer frau eine wohnung bieten kann. eine anfrage beim neuen bauamtsleiter hat ergeben, dass auf dem grundstück ein servitut zugunsten des herzadlerwirtes eingetragen ist, daraufhin hat er die pläne wieder eingestampft, nicht zuletzt, weil claire auch signalisiert hat, unter keinen umständen in diesem dorf leben zu wollen. pfarrer viktor hat seine satte erbschaft angenommen und ist einige monate später tatsächlich nach rom übersiedelt, von wo er, das hat er auch claire telefonisch mitgeteilt, sich für ein paar tage winterurlaub als gast im bergschlosshotel angekündigt hat. im dorf hat ein neuer pfarrer das widum bezogen, diesmal ein junger geistlicher von den philippinen, interimistisch, wie es von offizieller stelle geheissen hat. korbinian wurde zur pilotenausbildung an die hubschrauberstaffel im osten des landes versetzt. der notar neuplatt hat in seiner nachlassverhandlung die besitzungen von clemens auf dessen sohn übertragen können. die gemeinderatswahlen im herbst haben den amtierenden bürgermeister wiederum bestätigt, es ist im dorf wieder ruhig und es nimmt alles seinen gewohnten lauf.

ende

autor

karl gitterle, 1957 geboren in landeck, aufgewachsen im oberinntal in tirol
lebt mit seiner frau im paznauntal
tischlerlehre und meisterprüfung
studium an der technischen fakultät der universität innsbruck.
führt ein atelier für architektur und innenarchitektur in landeck.
17 jahre lehrtätigkeit in der erwachsenenbildung

kunst und ausstellungen:

1982 serie »wilde möbel«, ausstellungen in münchen, dornbirn, graz bei »jugend gestaltet«
1988-1990 holz im alpenraum – gestaltung einer wanderausstellung durch österreich, deutschland und schweiz
ab 1983 aquarelle, zeichnungen mit ausstellungen in tirol
ab 2003 beschäftigung mit digitalen arbeiten und acryltechniken